WOLFGANG GAST

LOGOPHAGOS

WÖRTERFRESSER

Lehrjahre
1957 bis 1967

Werkblock Joglar

Band 1

Erstausgabe 2010

Lektorat: Rafael Hythlodäus
Herstellung und Satz: Rosemarie Keudel
Druck und Bindung: abcdruck Heidelberg

ISBN 978-3-00-029996-4

O Loch in der Mauer hier, sei du mein Spielmann,
mein Joglar.

Ezra Pound, Marvoil

Zuerst: Geschichten. Abenteuer. Piraten in der Südsee, ihre Schiffe hießen „Dschunken". Karawanen im Niltal, zu den Pyramiden, Wissenschaftler gegen Grabräuber. Das hölzerne Pferd vor Troja, die Dummheit der Stadtbewohner. Gulliver, der Schiffbrüchige, gefangen auf Liliput. Zur Schatzinsel, auf Kapitän Flints Spuren, die lockende Beute fantastisch. Seereisen immer wieder, die Welt war unfassbar weit, hinter dem Horizont und jenseits der Gegenwart. Während die Straße, in der er wohnte, enger wurde, Schutthalden und Mauerstümpfe verschwanden, auch dort hatten Schätze gelegen und er hatte sie ausgegraben, Eisenstücke, Geschirrscherben, eine verbogene Flasche aus schwarzem Glas mit eingebrannter Asche. Die neuen Häuser standen fremd, wenn nicht feindselig zwischen den Altbauten mit ihren verrußten Fassaden, die Straße wurde zur Schlucht. Aus den Büchern stieg, wie der Geist aus der Flasche, eine zur Unendlichkeit neigende Welt auf. Ob er beschloss, später, als Erwachsener, das Weite zu suchen? Keine Erinnerung an solche Wünsche oder Pläne.

Umso klarer jedoch das Bild, das alle Romanabenteuer beiseiteschieben wird. Die Bühne im Halbdunkel, aufgeregte Menschen, denn der Hausherr ist noch nicht zurückgekommen: Es ist vier Uhr nachmittags, mitten im August und eine Kälte, dass die Hunde an den Rinnsteinen festfrieren. Endlich tritt Herr Antrobus auf, schlichtet Streit, rettet Flüchtlinge, neigt selbst zur Verzweiflung und wird durch ein Gedicht wieder zum Leben ermutigt. Die Eiszeit wird vorübergehen. Gerade wie die Sintflut im zweiten und der Krieg im dritten Akt. Thornton Wilders Schauspiel Wir sind noch einmal davongekommen. *Das Weltgerüst aber, das diesen Zuschauer in Bann schlägt, ist der bis auf einige Stühle leere Bühnenraum; dort treten Personen auf, mit Monologen und Gesprächen füllen sie die Leere. Redend richten sie die Welt ein. Bereiten sie einander Schicksale. Er war fünfzehn, als er anfing, Theaterstücke zu schreiben.*

Logophagos. So nenne ich ihn. Mit Anklang an ein Wort aus der Odyssee. Schreckliche Winde treiben das Schiff des Odysseus neun Tage übers Meer bis zum Land der Lotophagen. (Warum hat er nie versucht, ein Odysseus-Drama zu schreiben? Die Operette über Dantes Höllenwanderung, dazu immerhin verstieg er sich, blieb Fragment.) Lotophagen: friedfertige Lotosfresser, die jeden Fremden zur Mitfreude einladen. Wer von der honigsüßen Speise nimmt, vergisst die Heimfahrt und will nur noch bleiben. Weil das Genossene sich in Bilder verwandelt; in Traumstoff oder in die bessere der Wirklichkeiten. Statt „Lotos" schreibe ich „Logos": das Wort. Griechische Philosophen und ein christlicher Apostel lehren, der Logos, das Wort, stehe am Anfang der Welt. Von t zu g – ein einziger Buchstabe wird verändert, ein andersartiges Leben ist gemeint; wozu im einen wie im anderen Fall lebenslange Gefangenschaft gehört. Doch ihm, meinem Wortfänger, Wörterverschlinger, gefallen solche Sprachspiele. Von Buchstaben, Sätzen, Texten hängt ab, in welcher Welt ein Mensch lebt. Welche Rollen er spielt. Welche Person er besetzt. Logophagos: noch immer hadert er mit der Unsagbarkeit, will er Sinn (was ist das?) erschreiben, für sich und für die TatSachen. Eingesperrt in sein Tagebuch? Die Alternative zum Nichtsein!, wird er erwidern.

Lehrjahre. Das Buch von einem, der auszog, Wörter zu fangen. Bis er spürte, dass die Wörter längst ihn eingefangen hatten.

Im Café Rossi sitzt er an einem kleinen Ecktisch. Auch jetzt, wie sollte es anders sein, liegt sein Blick auf dem leeren Blatt: als könnte er aus der Tiefe des weißen Papiers den kommenden Text heraufbeschwören; ansaugen. Erzählen wird er, wie ein Fremder an den Tisch trete, bei den Worten „Sie gestatten!" auf die freie Seite der Eckbank zeige, ein zu naher, fast intimer Platz; zu nah für einen Fremden. Doch der andere sitzt schon, schneller als die Handbewegung ihn einlud. Mein Name ist Rhadamanthys, sagt der Mann, hier ist mein Ausweis. Haben Sie mich erwartet? Mit Ihnen muss man immer rechnen, antworte ich. Er nickt (trivial könnte hier das Attribut „versonnen" aufscheinen): Ich würde gerne Ihre Papiere sehen. Die Fassung letzter Hand genügt.

1957/58/59

Auf Kalenderblätter notiert

Verrat. – Der alte Heinlein ist gestorben, sagt meine Großmutter. Er wohnte im Nebenhaus, Parterre. Dem Haus sieht man nichts an.

Aber ich weiß, dass Häuser nicht stumm sind. Ich habe nicht vergessen, wie damals das Haus auf der anderen Straßenseite geschrieen hatte. Brennend. Ich sehe das Feuer in den Fenstern.

das Blatt Papier
dicht beschrieben
habe ich zerrissen
in den Ofen geworfen
die Fetzen
jetzt lese ich
aus der Asche

Alter Gott: Du könntest Lehrling bei mir werden.
Neuling: Ich würde lernen, wie man Wunder vollbringt?
Alter Gott: Nein.
Neuling: Du weißt es selbst nicht. Ich habe ein Wunder von dir erwartet. Nichts ist geschehen.
Alter Gott: Wunder träumen die Leute nur.
Neuling: Und ich müsste meine Seele verkaufen? Wie bei einem Teufelspakt?

Gedanken die
ein Meer verbrennen zu Wolken
Wolken verglühen zu Licht
das Licht beleben zu einem Gott
den Gott ausbreiten ins Unendliche
das Unendliche in meiner Hand
presse ich zur Papierkugel

ich fordere
dass die Dinge
Zeugnis ablegen
von mir

Dramaturg Brö.: In ein einziges Theaterstück wollen Sie die ganze Welt hineinpacken. Das kann nur misslingen. Für ein Schauspiel reicht ein einziger Gedanke – den der Autor zu Ende denkt.
Dramenschreiber G.: Ich bin ein einziger Gedanke – den ich zu Ende denken werde.

1960

17. Mai 1960 – (Nürnberg.) Dieser Geburtstag stört mich. Mit ihm kann ich nichts anfangen. Auch nichts aufhören. Nur Freigang für einen Tag. Ich habe mir das Heft mit dickem Einband gekauft. Ich habe es aufgeschlagen und warte auf die Botschaft des weißen Papiers. Gedulden Sie sich, Mesjö. In zwei Monaten werden Sie zurückkehren; zu sich. Denken Sie jetzt nicht daran, was Sie vorfinden werden. Wünschen Sie sich einen Trümmerhaufen. Auferstehen aus Ruinen. – Was bisher war, ist noch nicht zum Ende gekommen. Es muss ganz verdorren. Es braucht seinen Winter. Die Umstände dafür sind günstig, denn ich werde noch zwei Monate lang eingesperrt sein in nichts als Pflichten. So vergeht nebenbei, was sich viel schmerzvoller von mir losreißen könnte. Dann aber, nach dem Abitur: Winterschluss und Aufbruch. – Bravo, Mesjö. Wir sind vernünftig. Also schweigsam, wo jedes Wort stören würde.

15. Juli 1960 – Winterschluss und Aufbruch. Mitten im Juli. Über meine Jahreszeiten bestimme endlich wieder ich.

19. Juli 1960 – Ein Stapel beschriebenes Papier, aus fünf Jahren. So lange schon: ein Besessener. Jede andere Arbeit geschah nebenbei. Aber ich spüre, wenn ich darin lese, dieses Verlustgefühl. Weil die Texte leerer geworden sind; ein Schwund, mit der Zeit. Sie haben in der Sonne gelegen und sich entfärbt. Und sie sind mir nicht mehr so nahe wie damals. Als ich meine ersten Stücke schrieb, konnte ich nicht unterscheiden zwischen mir und dem Geschriebenen. Das hat sich geändert. Wir sind auseinander gegangen, meine Texte und ich. Ich irgendeines öden Wegs, während die Texte liegen blieben. (Darüber könnte

ich doch eine Szene schreiben: Wie Texte, sich selbst überlassen, miteinander ins Gespräch kommen.)

20. Juli 1960 – Vielleicht bin ich kein Dichter, schon gar kein dramatischer. Sollte ich Philosophie studieren? Und die Schauspielerei? Ich habe wieder angefangen mit dem Unterricht bei Grete H. Begeistert sind wir beide nicht von meinem Talent. Zeugnistext: Im Rahmen seiner Möglichkeiten ist er vielseitig als Knallcharge einsetzbar. Aber ich werde durchhalten, bis ich wirklich gut sprechen kann. Nicht mehr in Panik gerate vor einem Tonbandgerät. Mein gnadenloser und doch so anstachelnder Hauptfeind. (Einer meiner Hauptfeinde. Hätte ich doch mehr davon.) Bei Thomas S., in der Anwaltskanzlei seines Vaters, habe ich vor zwei, drei Jahren zum ersten Mal meine frisch aufgenommene Stimme gehört. Damals wollte ich verstummen, die Zunge verlieren, in Zukunft nur noch Zettel abliefern.

21. Juli 1960 – Mit den nützlichen Feinden ist es eine schwierige Sache. Denn eigentlich will ich geliebt werden. Jetzt lieben mich alle(?) wegen meines „Zeugnisses der Reife". (Alle: die Tanten.) Ich fühle mich überhaupt nicht beladen mit einer Ernte. Sondern frei. Ohne Wegweiser in irgendeine Richtung. Also Wüste. Meine Stunde null. („...und es war finster auf der Tiefe".)

22. Juli 1960 – Meinen Großvater zum glücklichsten Menschen gemacht durch die Mitteilung, dass ich Jura studieren werde. Nicht, wie man befürchtet hat, Theaterwissenschaft, Literatur. (Ja, Meinereins war Leser seit Kindesbeinen. Süchtig nach Gedrucktem. Permanenter Einserschüler in Deutsch. Bis hin zum Hochmut, den ein fehlbesetzter Deutschlehrer ihm einmal vorhielt.) Und jetzt Jura? Mir bedeutet diese Entscheidung nichts. Ist es überhaupt eine Entscheidung? Eher bloß die Stange im Nebel: in den Nebel geworfen. Ich habe blindlings ein Los gezogen.

23. Juli 1960 – Einen wesentlichen Unterschied zwischen Bühne und Leben sehe ich nicht. Immer kommt es darauf an, Rollen zu spielen. Nach welchem Textbuch? Theaterstücke schreibe ich seit fünf Jahren. Aber mich sehe (sah) ich in keiner der Figuren. Ich war der ganze Text. Mit Vorliebe für wertvolle, das heißt: für besonders anschmiegsame Stellen. Andere gefielen mir, weil sie die Alten ärgerten. Von größtem Ärgerniswert: was ich bei Brecht oder Zuckmayer aufgelesen hatte. Fundstücke, die ich mir zurechtbog. Ich weiß, an manchen (oder mit manchen) habe ich gelitten. Ich wundere mich darüber, dass sie nicht mehr so stachelig sind. Ich vermisse den Stachel.

24. Juli 1960 – Neu anfangen: Mit nichts? Das „Programmatische" von gestern (auch das hatte Brö. an den Stücken gerügt: „Gestalte, Dramatiker, rede nicht."), die alten Botschaften, waren damals so glühend und sind jetzt lau. Doch wer weiß, was davon in mir steckt, in einer Ecke lauernd. – Wenn ich mich jetzt freilesen würde, weg von mir, unter das Dach anderer Schreiber? In ihre Welten hinein?

25. Juli 1960 – Die Frage bleibt: Nach welchem Textbuch *leben*? Natürlich sage ich: Nach einem, das ich schreibe. Dieses Buch ist leer. Den ersten Satz zu finden, ist immer das Schwerste.

27. Juli 1960 – Ein Wort, das mir gefällt: Zwischenzeit. Der Schritt ist kurz: vom Wort, das ein Mensch gebraucht, zu dem Wort, das er braucht.

2. September. Den Koffer gepackt. Für die Reise in einen Anfang.

Im Zug südwärts. Zum ersten Mal über den Gardasee hinaus. Bis München ein Reisebegleiter. Ein alter Mann, er sieht aus wie ein Gelehrter; er nickt mir aufmunternd zu, ich sage ihm, dass ich an die Adria fahre, und wir kommen ins Gespräch. Über den Süden und über Paradieslandschaften. Er erklärt mir den Sündenfall: Beginn der Aufklärung. Ausbruch aus dem Käfig der Natur. Der Mensch nimmt sich aus Gottes Hand; macht sich durch Widerstand mündig. Auftakt zur seither betriebenen Selbsterschaffung.

Im Gepäck: Malaparte, *Kaputt*. Ernst Jünger, *Inselfrühling* und *Strahlungen*. Seit Monaten habe ich in den Büchern gelesen, immer wieder. Das eine ist überfüllt mit grausigen Szenen aus der „deutschen Wahnzeit". Die beiden anderen enthalten tägliche Selbstportraits des Erzählers. Das Neue und Erregende gegenüber den Romanen, die ich kenne: Ich entdecke *Autoren*. Da sind zwei Rollenspieler, die mich eingefangen haben. Denn jeder spielt ganz und gar *sich* aus. Die Umstände, in denen sie schreiben und agieren, sind mir widerlich: Krieg. Aber die Art, darin ein Ich zu betreiben, könnte Vorbild sein. Malaparte: In der Gegenwelt aus Kunst. Jünger: In der Gegenwelt aus Metaphysik.

Das Geld für die Reise habe ich bei *Trix* verdient; vier Wochen in der Packerei. Ein Jetzt-Erlebnis. Ich habe kleine Schachteln mit Spielzeug in große Kartons geschlichtet, ohne zugleich an etwas anderes zu denken.

Gabicce Mare. Strandhotel. Zur Rolle gehört, dass ich mir außer der üblichen Weinflasche die eigene Flasche Whisky an den Tisch bestellt habe. (Einzeltisch.) Hemingways Manier? Liegt mir fern. Gegen ihn habe ich längst Ezra Pound gesetzt.

Ein Monument wie die *Cantos* zu schreiben, das wärs. Schade, den Pound-Band habe ich nicht mitgenommen.

Das Glas Whisky nach dem Essen. Die Zigarette, Prince of Wales oder Kyriazi, aus dem silbrigen Etui. Die Krawatte mit Spange. Das sind Verbesserungen der Person. Ein Teil des Existenzgerüsts. Oder wenigstens Krücken. Mit ihrer Hilfe kann ich gehen.

Auch die *Cantos* verstehe ich nicht so, wie man in der Schule ein Gedicht auszulegen hatte. Sie sind: Horizonte. Eine Lebensform.

Bücher kuppeln. Vor dem Abendessen habe ich in der Halle gesessen, gelesen, und bin, aufschauend, zwei gegenüber sitzenden Leserinnen in die Blicke gelaufen. Mutter und Tochter. Ig.: verheiratet, aber nicht traurig darüber, dass den Gatten die Geschäfte im Norden festhalten. Lesen Sie uns etwas vor, bittet die Mutter. Aus *Strahlungen*? Paris, 8. Oktober 1941: „... Sacha Guitry, den ich als angenehm empfand, obwohl das Mimische das Musische in ihm stark überwiegt. Er verfügt über eine tropische Individualität..." Möchten Sie die nicht auch?, fragt mich die Mutter.

Nur am Morgen, vor dem Frühstück, gehe ich ins Meer. Der Tag ist noch unberührt: weit und leer, der Horizont verschleiert im leichten Dunst, die reine Möglichkeit. Dann zieht die Sonne höher und verbrennt ihn. Als wäre er ein Blatt Papier unter einem Brennglas. Ich liege im Sand, unter einem Schirm, und fühle mich angeätzt. Ich nehme mich anders, heftiger wahr als durch den Kopf.

Salzwasser geschluckt. Es schmeckt wie angebrannt.

Über lange Gespräche erst zu dritt, dann zu zweit sind wir in die Nacht geglitten. Eine Frau, die zwölf Jahre älter ist als ich und seit Jahren verheiratet, hätte ich mir nie so ... schlicht, so

„unschuldig" vorgestellt. Aber was weiß einer schon, der das Weibliche nur aus Büchern und aus der Sehnsucht kennt.

Meine Beziehung zu meinem Körper ist ziemlich katholisch: Ich kenne ihn kaum. Es geniert mich, ihm zu begegnen. Und mehr noch, dass andere Menschen ihm begegnen. Doch jetzt ist er einigermaßen versteckt unter einem Überzug aus Hitze, Röte, Öl. So maskiert, ist er mutig.

Mein Körper hat die Hitze des Tages aufgeladen; er bedrängt mich. Trotzdem dränge ich mich weniger an Ig., als dass ich sie erwarte. Denn es ist ein größeres Vergnügen, wenn sie mich entdeckt. Sie ist nicht „wild". (Katholisch auch sie.) Aber ihr Schoß ist heißer, auf andere Weise heiß, als meine Haut.

Für die letzten Urlaubstage alleine. Malaparte. Er steckt voll Melancholie. Dagegen Jünger: starr. Der eine schreibt heiße, pulsierende Bilder, der andere kalte Bilder. Beides sucht seine eigene Wahrheit.

Was ich nach Norden mitnehme? Im Mund die Erinnerung an verbranntes Salzwasser. In den Fingerspitzen die Erinnerung an Ig.s Haut.

Ich hatte erwartet, dass ich von meiner Reise gestärkt zurückkehren würde. Mit mehr Ich. Stattdessen bin ich einsamer zurückgekehrt. Abhängig von etwas Abwesendem.

25. September. Für das Wesen der Welt habe ich – Indizien? Oder eher: Ich habe ein Teilchen aus einem Puzzlespiel mit unbekannt vielen Elementen in der Hand. Im Kopf. Im stechenden Herz. Ich denke an Ig.s Schoß.

*****

8. Oktober 1960 – Wieder dieses Abendvergnügen: Mit der Straßenbahn von Nürnberg, Maxfeld, bis Fürth, Endstation. Dann durch die Nacht zurücklaufen. Es sind gut drei Stunden Weg. Strecke und Zeit genug, so dass mir das Wunderbare begegnen könnte. Doch das Ende ist wieder bloß: Erschöpfung.

12. Oktober 1960 – Außer missratenen Versen weiß ich nichts zu schreiben in diesen Tagen. Noch drei Wochen bis Semesteranfang. Meine Beschäftigung: ich lasse Zeit verrinnen.

16. November 1960 – Seit zwei Wochen stud. jur. Ich sitze in Vorlesungen, höre Wissenschaft, die ich nicht verstehe oder die mich nicht einmal erreicht, und weiß nicht, was ich mitschreiben soll. Ich fühle mich nicht angesprochen durch Römische Rechtsgeschichte oder Bürgerliches Gesetzbuch.

20. November 1960 – Was für ein Wasserkopf an juristischem Überbau, um den Kauf eines Bleistifts „in den Griff zu bekommen". Überhaupt scheint es höchst wichtig zu sein, dass man (wer?) alles im Griff hat.

24. November 1960 – An fünf Werktagen fahre ich mit dem Bus früh um halbacht nach Erlangen, am Nachmittag zurück nach Nürnberg. Über Dörfer, vorbei an lang ausgestreckten Äckern. Die Bäume sind kahl, die Erde sieht zerschrammt, verletzt aus. Gerümpel in den Gärten. Ich schaue aus dem Fenster, statt zu lesen. In der Tasche Nietzsches *Zarathustra*; das Buch gefällt mir nicht, der Ton ist zu biblisch.

29. November 1960 – Ich habe wieder einen Nachhilfeschüler. Vom ersten Honorar Nietzsches *Fröhliche Wissenschaft* gekauft.

30. November 1960 – Die Mittage am liebsten in einem kleinen Café in der Erlanger Hauptstraße. Lesend. Der tristen Juris-

prudenz die „Gaya Scienza" entgegenstellen. Aber ich lese auch im BGB, das auf mich wie ein Haufen Holzscheite wirkt. Das Gesetzbuch wirft einem seine Sätze vor die Füße; Sinn und Zusammenhang bleiben im Dunkeln. Jedoch, wenn das Recht jene Choreografie ist, nach der die Gesellschaft tanzt, sollte ich es kennen lernen und verstehen. („Se vuol ballare, Signor Contino..." – Auch zum Singen habe ich mich wieder überredet. Grete H. arbeitet mit mir am *Figaro*. Die Stimme festigt sich, die Intonation wackelt noch immer.)

2. Dezember 1960 – Erlangen. Mittag. Im kleinen Café. Arbeitsschema: Täglich ein Paragraph BGB über Rechtsgeschäfte, eine Sentenz aus der *Fröhlichen Wissenschaft*. Zufällig könnten die Sätze einander berühren. – Ein Mensch war „bei Abgabe einer Willenserklärung über deren Inhalt im Irrtume": er „kann die Erklärung anfechten" (§ 119). Was sind zuletzt die Wahrheiten des Menschen? Seine unwiderlegbaren Irrtümer. (Sentenz 265) Also: Es gibt Irrtümer, von denen ich mich von Rechts wegen befreien kann. Und andere Irrtümer, die ich von Philosophie wegen ehren soll.

4. Dezember 1960 – Sonntag. Zwischen dem Wunsch, aus dem Haus zu gehen, und jenem anderen, mich in meinem Zimmer zu verkriechen, schwanke ich hin und her, bis es Abend ist. Ich habe nichts gelesen, nichts geschrieben. Die Großeltern gehen, wie jeden Sonntag, zum Abendessen ins Wirtshaus; sie freuen sich, wenn ich mitkomme.

5. Dezember 1960 – Nietzsche habe ich so entdeckt: Im Frühjahr lag bei Glock & Lutz ein Buch im Schaufenster, das mich auf den ersten Blick ansprang. Der Einband! Über eine blauschwarze Ebene verteilte Krater. Einschläge. Mit roten Rändern. In der Tiefe ein lichtes, metallisches Blau. Tiefe und zugleich Weite leuchtet aus dem Kratergrund. Als wäre er auch ein Fenster. Sofort habe ich das Buch gekauft. Den *Zarathustra*;

und ich dachte: Endlich. Denn an Großvaters Stammtisch war öfter der Name Nietzsche gefallen. Ein paar „Belesene" gehören dort zur Runde. Sie sind sich einig: Vom *Zarathustra* sollte man die Finger lassen, er mache wahnsinnig. Aber davon ist noch kein Funke auf mich übergesprungen. – Die *Fröhliche Wissenschaft* hat einen gleichen Einband, beherrscht durch Violett und Feuerrot. Ein Buch, gut für Zufallsfunde. Im Vorüberblättern bleibt etwas hängen. Die kleinen Texte kommen schnell zur Pointe.

6. Dezember 1960 – Erlangen. Mittag. Im Café. – „Was sagt dein Gewissen? Du sollst werden, der du bist." (*Frö.Wi.* 270) – Wer oder was ich bin, darüber weiß ich wenig. Und ich weiß noch weniger darüber, wer ich sein möchte. (Einer vom Theater, das *wollte* ich werden; der Wunsch kommt mir vor wie abgelegte Kleider. Am liebsten würde ich mein Leben darstellen. Bewusst mich spielen. Wenn ich dafür nur schon genug vom *du bist* besäße.) – Aber dies weiß ich gewisslich: Ein Minderjähriger bin ich, und darum nach Maßgabe von §§ blabla in der Geschäftsfähigkeit beschränkt.

11. Dezember 1960 – „Ich bin einflussreich." / So vieles / Das in mich hinein / Fließt.

13. Dezember 1960 – Von E.J. die Anregung, immer druckreif zu schreiben, auch wenn ich mein Tagebuch zum Selbstgespräch betreibe. Denn nur so werden Gedanken klar, Bilder deutlich. Was ich den Sätzen an Aufmerksamkeit widme, geben sie mir durch Verbindlichkeit zurück. Sie sind Zeugen für etwas. Die Bedeutungen stehen fest. – In meinen Theaterstücken kam es mir auf den heftigen Inhalt an. Darauf, was es zu sagen oder zu zeigen gab. Die Botschaft, an die ich glaubte. Die Wahrheit sagen! Das Gute! Aber die Wirklichkeit fängt damit an, dass man etwas genau nimmt. Es also gut aufschreibt. Sie hängt ab davon, *wie* man schreibt.

14. Dezember 1960 – Selbstgespräche laufen die meiste Zeit des Tages in meinem Kopf ab. So, dass sie sich oft von selbst veranstalten. Ich höre ihnen zu. Vergesse bald das Meiste. Nur Atome daraus werden zu Notizen im Tagebuch. Zu Prosa oder zum Drama wird gar nichts.

20. Dezember 1960 – Es musste geschehen, endlich. Ich habe Geld dafür gespart, bin hingegangen („hinter die Mauer") und habe ein Wort mit nach Hause genommen. Ich habe *gefickt.* Das Wort ist stärker, als das Ereignis war. Ich habe das Wort bis gestern nicht gekannt (oder vor Zeiten nach dem ersten Hören vergessen?); es ist frisch und ich spüre seinen Reiz, mir fällt keine andere Vokabel ein, die so direkt und heftig in den Körper, den Kreislauf eindringen würde. Ich wiederhole das Wort im Kopf und auf dem Papier. Es treibt mir den Puls hoch.

22. Dezember 1960 – Am stärksten wirkt das Partizip Perfekt: die Heftigkeit von *ge-* und *-t.*

28. Dezember 1960 – Mit fröhlicher Gier bin ich hingegangen, habe den Freier gespielt. Ich habe sie gefragt, ob wir genau dies tun wollen und sie hat schrill aufgelacht. Für Aufpreis Zeitverlängerung und nackt. Sie hat mich ordentlich ausgepresst. Was für ein leichtfüßiger, wunschloser Heimweg. – Nachtrag: Wäre es literarisch besser, in der dritten Person zu erzählen statt in der ersten? Auch dann, wenn ich mir im Selbstgespräch erzähle.

29. Dezember 1960 – Hat Nietzsche das Wort gekannt und, statt es zu erleben, in Philosophie übersetzt? Vielleicht finden sich Spuren davon in der *Fröhlichen Wissenschaft.*

30. Dezember 1960 – Es ist ganz und gar zweierlei: Die Erinnerung an Ig.s Schoß. Und was *das Wort* mit mir treibt. Die

Erinnerung will ich vor Nachstellungen durch das Wort retten. Aber *jetzt* will ich gar nichts anderes, als...

31. Dezember 1960 – Für den Jahresschluss ein anderes Vergnügen. Aber dies wäre das verkehrte Wort. Ich vergnüge mich nicht. Ich will mich der Zeit, der Nacht, dem Universum aussetzen, an dieser Grenze zwischen Finale und Vorspiel. Von einem Ende der Stadt zum anderen laufen. Ein paar Stunden, die wortlos bleiben dürfen. Wenn sie mir ein Zeichen schenken würden! Es braucht nicht lesbar zu sein.

1961

5. Januar 1961 – Vorsätze: Die Verhexung durch jenes Wort abschütteln. Das Geld wieder für Bücher ausgeben. Meine Sehnsucht nach dem Wunderbaren festhalten.

6. Januar 1961 – Die Redensart von der „Schule des Lebens". Ich glaube mehr an die Schule der Sehnsucht. – Nietzsche winkt ab. Er spottet über Menschen, bei denen die „Mängel" dasjenige sind, was in ihnen philosophiert. Ein solcher Mensch „hat seine Philosophie nötig, sei es als Halt, Beruhigung, Arznei, Erlösung, Erhebung, Selbstentfremdung". Bei anderen dagegen philosophieren die „Reichtümer und Kräfte", der „Stolz". Ihnen sei Philosophie „ein schöner Luxus". (*Frö.Wi.* Vorrede 2) – Ein Beispiel für den philosophierenden Kraftprotz sind Ernst Jüngers *Strahlungen.*

7. Januar 1961 – Aber Sehnsucht ist weder Mangel noch Makel. Malaparte, ein Sehnsüchtiger ganz offenkundig, verschreibt sich keine kurierende Arznei. Er versteht die Welt von ihrer Schönheit her, auch wenn er mitten durch Kriegsdreck und Kriegselend watet. Die Schönheit ist dann abwesend, hat nur spärliche Spuren hinterlassen. Er ahnt, ersehnt ihr Ganzes und lebt in dieser Sehnsucht. Er lebt durch sie. – Ich verstehe die Welt aus meiner Erinnerung an Ig.s Sommerhaut und Schoß. Aus der Erinnerung an Berührungen.

8. Januar 1961 – Die Antwort zur Frage vom 29. Dezember: Nietzsche will nichts mehr wissen von einer Philosophie, die „nur eine Auslegung des Leibes, und ein Missverständnis des Leibes, gewesen ist". (*Frö.Wi.* Vorrede 2)

10. Januar 1961 – „ ...in der Sprache des Tauwinds geschrieben: Es ist Übermut, Unruhe, Widerspruch, Aprilwetter darin." Nietzsche über die Sprache der *Fröhlichen Wissenschaft*. – Ein „Tauwind" führt noch die Nähe des Winters mit sich, und gleichzeitig verkündet er die Überwindung des Winters. Eine Art der Sprache, wie ich sie auch für mich suchen sollte? Es ist noch zu früh im Jahr, dafür. Und worüber hätte ich zu sprechen? Vom Gehen durch die Nacht. Vom Nichtswissen in diesem Kopf. Vom Abwesenden, das sich in manchen Augenblicken anfühlt wie etwas Nahes, an das ich mich dränge.

12. Januar 1961 – „Und das Wort ist Fleisch geworden." So hatte ich es gelernt, in ferner Zeit. Jetzt erfahre ich, wie ein Wort zu Fleisch wird. Das Wort schmiegt sich an, drängt sich auf; es schreibt sich ins Fleisch ein, bis es den Körper beherrscht.

13. Januar 1961 – Wort wird Fleisch: was hatte ich mir früher dazu gedacht? Ich erinnere mich an nichts; an keine Vorstellung, die der Satz oder eher schon: diese Formel geweckt hätte. Heute kann ich den Satz verstehen, auch denkend, nicht bloß mit meinem Kreislauf. Die Wörter werden zu Dingen, sie materialisieren sich in den Sachen. (BGB: Sachen sind „körperliche Gegenstände".) Solche Verbindungen (also: Synthesen) habe ich jahrelang hergestellt, ohne über sie nachzudenken. Schreibend habe ich sie nichts als praktiziert; sie vollbracht. Oder auch verfehlt, so dass Wörter in der Luft hängen blieben, ohne jemals einen Gegenstand zu erreichen? Das mag so sein; ich habe keine Lust, alte Texte hervorzuholen, um sie zu überprüfen.

14. Januar 1961 – Der Satz ist umkehrbar: Und das Fleisch ist Wort geworden. Nietzsche polemisiert gegen einen solchen Weg des Schreibens. Fort mit aller Philosophie, die „nur eine Auslegung des Leibes" wäre! Aber warum sollte ich es nicht

versuchen; wenn nicht philosophierend, dann mit einer Erzählung oder in Gedichten.

15. Januar 1961 – Ein Gedanke fällt über mich her und überrascht mich: Du hättest doch Theologie studieren können. Warum ich nicht darauf gekommen bin, im vorigen Sommer? – Der Einfall kommt von weither. Mit zwölf, dreizehn Jahren habe ich meiner Großmutter die Liturgie der Hl. Messe auswendig rezitiert; auf diese Weise habe ich mir das Geld fürs Kino verdient. Dann bin ich dem katholisch-kirchlichen Dunstkreis (das ist wörtlich zu nehmen) entlaufen. Als ich anfing zu schreiben, hatte ich mich schon so befreit, dass ich zu keiner Zeit an ein Theaterstück zugunsten eines Ketzers dachte. Eines jedoch hat auch der Sechzehn- und Achtzehnjährige noch versucht: mit Gott ins Gespräch zu kommen. Vielleicht senden sich, auf meinen Nachtgängen, vom äußersten Rand meines Bewusstseins noch immer Signale in diese Richtung aus. Heimlich und partisanenhaft; als Partisanen gegen mich. – Nein, Herr Versucher (sollte einer hinter dem Überfall stehen, ob weiß oder schwarz), ich denke nicht daran, gerade an Ihre Fakultät zu wechseln.

17. Januar 1961 – Wort zu Fleisch: Riesengroß sind die Unterschiede darin, wie Wörter nach ihrer Materie greifen. Etwa auf dem Theater; an zwei Stücke denke ich, die für mich Vorbilder, Leitsterne waren. Carl Zuckmayer, *Des Teufels General*: Harte Tatsachen wiederholen sich auf der Bühne, mit äußerster Genauigkeit, aber durch dramatisches Arrangement ins wahre, grelle Licht gerückt. Ein Licht, das alle Beteiligten bloßstellt; es erlaubt keine Verstellung und keine Masken. Als Gegenstück Brechts *Guter Mensch von Sezuan*: Mit äußerster Künstlichkeit werden Menschen und Situationen erzeugt, die bei den Zuschauern heftige Gefühle anstacheln. Die Unschuld begegnet allen Arten der Niedertracht. Die Wörter begegnen einem Märchen, das einen großen Teil der Möglichkeiten dieser Welt

enthält. In dieser Weise zu schreiben, war auch meine Absicht gewesen. (Denke ich mir, im Nachhinein.)

18. Januar 1961 – Hinter dem Fleisch jagen auch die Gesetzestexte her. Das heißt: Sie werden dazu gebracht; zum Wirklichkeitsfang losgehetzt. Da geht ein Mann, von Neugierde bewegt, zu einer Versteigerung, entdeckt dort einen Freund, dem er zuwinkt – schon hat er, mit einer falschen Handbewegung, hundert Kisten Wein gekauft. Ein Gesetz vergewaltigt ihn hierzu. Aber es flüstert ihm zugleich einen Rettungsweg ein: Vielleicht hast Du Dich geirrt, Du könntest Deine leichtsinnige Bewegung quasi zurücknehmen, nämlich ihre Bedeutung anfechten; ob Du ganz ungeschoren davonkommst, ist eine andere Frage... Die Gesetze reden ungenau. Ein Interpret wird gerufen, er muss sie auslegen. Aber sie reden durstig; ihr Durst auf Leben.

20. Januar 1961 – Bei einem Trödler am Unschlittplatz habe ich die Bücher durchsucht; gekauft habe ich einen Smoking, meinen ersten, für fünfundzwanzig Mark. Das Jackett mit spitzem Kragen, auf dem schwarzer Seidenglanz liegt. Ein gezackter schwarzer Spiegel quer über die Bühne gezogen, aus ihm steigen die Figuren des Schauspiels. Der Anzug sitzt gut, er braucht nur das Aufbügeln. Sofort renne ich zum Theater und kaufe zwei Karten für den Bühnenball. Die zweite Karte um der Magie willen: sie soll mir eine Begleiterin einfangen.

23. Januar 1961 – „Was liebst du an anderen? – Meine Hoffnungen.“ (*Frö.Wi.* 272) Über diese Antwort Nietzsches erschrecke ich. Habe ich mir jemals zu erklären versucht, was hinter meiner Sehnsucht nach einem Menschen (einer Menschin) steckt? Und wenn ich es versucht habe: Ist die Antwort genauso egoistisch ausgefallen (so dass ich sie schnell wieder vergaß)? Oder vermeide ich unbewusst das Fragen, weil ich Angst habe vor einer solchen Antwort? – Zur Flucht in die

Einsiedelei neige ich manchmal; für halbe Tage. Aber dann kehre ich in die Welt zurück: weshalb?

24. Januar 1961 – Ich liebe einen Menschen, weil er mir eine unterhaltsame Geschichte erzählt. Ich liebe eine Hand, weil sie mich zärtlich berührt. Also liebe ich Werkzeuge zur Erfüllung meiner Wünsche. Zur Befriedigung meiner Bedürfnisse. Und dies wäre *alles*? - Aber so *will* ich es nicht. Ich will nicht, dass meine Welt so funktioniert!

26. Januar 1961 – An einer Hand liebe ich auch, dass sie zärtlich *ist*. Mit der egoistischen Hoffnung geht noch etwas anderes einher: Bewunderung. Nein, Begeisterung. Die zärtliche Hand ist ein höheres Wesen. An dem ich teilhaben möchte; gerade so, wie man mich gelehrt hatte, dass ich in der Kommunion „Teilhaber" am göttlichen Leib werde.

27. Januar 1961 – Ich stelle mir vor: Vom Leib einer Göttin käme die Erlösung über mich. Ich bin es, der dies für sich („egoistisch") erhofft. Aber dieses Hoffen bedeutet auch: Ich hänge ab von einer Gnade, die mir gewährt wird. Was ich erhoffe, kann ich nicht herstellen. (Nicht kaufen.) Es fällt mir zu oder versagt sich mir. („ ...ich bin nicht würdig, dass Du einkehrest unter mein Dach, aber sprich nur ein Wort, so wird meine Seele gesund.")

28. Januar 1961 – Was sind das für Gedanken und Sätze, auf die dieser Nietzsche mich hier gebracht hat! Wollte er nicht mein Lehrer für mehr Egoismus sein? Für ein Selbstbewusstsein bei bestem Gewissen. Die nächsten Sentenzen (*Frö.Wi.* 273 bis 275) lenken mich auf den rechten Weg zurück. „Wen nennst du schlecht? Den, der immer beschämen will." – „Was ist dir das Menschlichste? Jemandem Scham ersparen." – „Was ist das Siegel der erreichten Freiheit? Sich nicht mehr vor sich selber schämen."

14. Februar 1961 – Gestern Abend im Lessingtheater und im „Deutschen Hof", der labyrinthisch das Theater umschließt. Der Rosenmontags-Ball „Fahrendes Volk". So schmeckt ein endlich erfüllter Wunsch. Die zweite, magische Eintrittskarte war ein Irrtum (ein nicht anfechtbarer). Im letzten Moment ließ sich eine der Buchhändlerinnen überreden. Ein (ich vermute: beiderseits) missglückter Abend. Zwischen mir und der Frau, eingeschoben wie ein Keil, stand der Ball. Zwischen mir und dem Ball stand die Frau. Ich war den Abend lang eingemauert in mich.

1. März 1961 – Mein erstes Semester ist zu Ende. Wie konnte ich es besser krönen als mit einem Rückfall in das hitzigste Wort, das ich kenne. Das Wort hatte mich tagelang vorbereitet auf das Ereignis. Mich geschlagen und mit Nadelstichen aufgestachelt. Dann endlich der Entschluss: Heute Abend! Das Wort verschwindet, löst sich auf. Am Nachmittag in den *Strahlungen* gelesen, weil das Buch mir nicht zusetzt, es läuft durch den Kopf, ohne zu zündeln. Um acht Uhr abends der Aufbruch. Eine dreiviertel Stunde unterwegs, nicht hastig und nicht zögernd. Stadtpark, die Ringstraße, am Bahnhof vorbei in die Altstadt. Zeit habe ich mir auch genommen für die Auswahl. Die Gefährtin meiner Begierde: vielleicht dreißig Jahre, schwarzhaarig, groß und herb. Dass sie zugreift, ist mir wichtiger, als ein Weiches, Fließendes. Aber sie soll mich langsam auf die Spitze treiben. Stöhnen treibt die Krebsscheren im Bauch an, und zuletzt erst wieder das Wort, Begleitgesang, Stakkato. – Auf dem Heimweg vergnügt, tänzerisch. Mein Körper ist mir näher gekommen, in den letzten Monaten. Eigentlich sind wir Freunde, er und ich. Ich möchte ihm noch viel mehr Lust verschaffen.

2. März 1961 – Bei aller Freundschaft: Ob mein Körper und ich mit „Lust" dasselbe meinen?

3. März 1961 – Nachtgang. Mein Körper darf sich sehnen bis an die Schmerzgrenze. Aber die eigentliche, ganz unbestimmte Verzweiflung rast im Kopf.

5. März 1961 – Für zwei Monate Arbeit. An den Nachmittagen, Montag bis Freitag; in einer Privatschule. Aufsicht und Hilfe bei den Hausaufgaben. So komme ich zu einer ordentlichen Dreiteilung: Die Vormittage fürs Schreiben, nachmittags bezahlte Beschäftigung, an den Abenden lesen (Kafka, *Amerika*) oder Freigang.

Nachtgänge. Geschichten

Er verlässt das Haus und taucht in die poröse erste Dunkelheit, in der noch Lichtfäden treiben; Rückstände von Tageslicht. Mit schnellen Schritten, die ihr Ziel kennen und bei schlafendem Kopf den Weg fänden, läuft er quer durch den Stadtpark, zur Straßenbahn. An der Haltestelle zu warten, bedeutet für ihn nicht, in Erwartung zu sein. Keine Bilder, an die er denken, kein Gefühl, das ihn mit heißen Schlieren durchziehen würde. Gegen die Februarkälte presst er die Arme an seine Flanken, die Hände stecken tief in den Manteltaschen; er zieht sich zusammen, steht wie ein Brett. In der Bahn, in der es nach nassem Filz riecht, schüttelt er sich wieder auseinander. Er wird im Bogen um die halbe Altstadt gefahren, dann auf einer langen geraden Linie, einst die Strecke der spielzeughaften frühen Eisenbahn, bis in die Nachbarstadt. Dort erst, eine Haltestelle nach der Stadtgrenze, steigt er aus. Tief atmet er die menschenleere Luft ein, freut sich am rauen Geschmack, den die Kohlenglut aus den Öfen rundum beimischt. Langsam, fast ein Flaneur, macht er sich auf den Heimweg. Drei Stunden Dahinlaufen hat er vor sich. Er wird etwas Wunderbares erleben, das er sich nicht vorstellen kann und wofür er nur jenes leere, trotzdem wie Glück glänzende Wort hat. Ein versprechendes Wort, das ein Spiegel ohne gespiegeltes Bild ist. Oder ihm wird nichts begegnen und er wird das Nichts zuletzt fühlen wie einen Begleiter, der schweigend, ein Schatten, nebenherläuft.

Er ist an der gewohnten Haltestelle ausgestiegen und scheint zögernd, unsicher dazustehen, während er sich doch nur umstellt vom Transportiertwerden auf die eigene Bewegungsarbeit. Ein Blick noch auf das Dämmerlicht, dem er entgegen gefahren war; durch die Risse im Gewölk leuchten letzte Spuren von Glut und hellgraue Asche. Er wendet sich dem Rückweg zu, einem Gemisch aus vielerlei Schwarz, das ihn erwartet, fasriges Nachtschwarz im Osten, hoch über den Häusern; darunter die blinden Scherben, aus denen die Vorstadt zusammengesetzt ist. Ich werde, denkt er, den Weg durch den Garten des Verrats nehmen. Eine frühe Aprilnacht in den Ölberghainen. Es ist gleichgültig, dass die alten, gewundenen Ölbäume zu verrußten Fassaden mit verwischten Lichtflecken geworden sind. Gleichgültig auch, dass die Wege kreischen und die feuchte Luft nach Abgasen stinkt statt nach Zitronenblüten zu duften. Kein Ruf eines Käuzchens, kein Häschergeflüster, der Straßenlärm saugt die alten Geräusche auf; aber durch ihn gellt, was stimmlos bleibt in der alljährlichen Nacht des Verrats. Eine jener Geschichten, denkt er, die sich in jeden Ort einschreiben. Die Stadt durchziehen sie mit ihrem Sinn. Wie eine schwere Hand legen sie sich auf das, was jetzt zu sein scheint. Die aufziehende Nacht, in der einer nach dem Bruderkuss mit Gewalt gepackt wird und vor seine Mörder geschleppt. Dies alles, denkt er, soll sich in meinen Körper hineinspielen, bei jedem Schritt.

Im Dahinlaufen denkt er, nach wie langer Zeit wieder, an das Auge. An den Blick, der ihn so oft erreicht hatte, aus der Höhe, wie ein nicht sichtbarer Strahl. Plötzlich hatte er die Berührung gespürt, als wäre ein, freilich schwaches, Brennglas auf ihn gerichtet. An jedem Ort konnte es ihn treffen. Vor dem Auge davonzulaufen, war so unmöglich wie im Traum die Flucht vor einem Verfolger. Der Blick klebte an ihm fest, war stechend und klebrig zugleich. Zum Glück dauerte das Ereignis nicht mehr lange, Sekunden oder eine Minute, und es war nicht mit einer Aufforderung oder einem Befehl verbunden, nicht einmal mit einer Drohung. Nur, dass das Auge auf ihn gerichtet war, klebrig, stechend, und ihn die Hilflosigkeit seiner Lage bewusst werden ließ. Er war um die fünfzehn Jahre alt, als das Auge ihn auf solche Weise heimsuchte. Die Worte dafür fand er später, und er zweifelt noch immer, ob „Hilflosigkeit" seine Empfindung von damals genau wiedergibt. Zu harmlos aber ist dieses Wort, sobald er bis in die Frühzeit des Auges zurückdenkt. Er war ein Kind und der Blick ließ ihn oft für Stunden oder einen Tag lang nicht los, ein drohender Blick, heute sagt er dazu: das Auge eines Raubtiers, das sein Opfer aus dem Dunkeln heraus belauert, nicht um es zu zerreißen, vielmehr um mit ihm zu spielen. Oder ihm mitzuspielen. Die Geschichte des Auges, die ein Jahrzehnt und zusammen mit ihren vergessenen Anfängen eine noch längere Zeit umfasst, handelt jedoch von allmählicher Abschwächung, vom Verblassen einer Erscheinung. Den Siebzehn- und Achtzehnjährigen erreichte der Blick manchmal noch, abends auf dem Heimweg vom Theater, jetzt mit veränderter Bedeutung: Du hättest mich gern bei dir, ließ das Auge ihn wissen, du willst etwas von mir, ein Zeichen, einen guten Rat vielleicht, ein Versprechen. Aber mich gibt es nicht mehr. – Als er vermutete, dass der Blick ganz aufgehört, das Auge sich geschlossen habe, ging er dazu über, gelegentlich den Blick zu denken. Auch heute im Dahinlaufen denkt er, dass der Blick sich wieder auf ihn richte, von keiner anderen Absicht gelenkt als von Neugierde. Ein Zuschauer, der ihm willkommen ist. Ein Grund, den Oberkörper aufzurichten, die hochgezogenen Schultern abzusenken, die Schritte mit mehr Festigkeit auf das Pflaster zu setzen.

Wörter suchen sich ihre Dinge, so denkt er im Dahinlaufen;

etwas, mit dem sie zusammenpassen. Und könnte es nicht sein, dass wortlose Regungen ähnlich auf die Suche gehen? Wenn in diesem Augenblick Sehnsucht in mir aufkäme, und ich will nicht bestreiten, dass sie ohnehin da ist, ob ich sie bemerke oder nicht – wenn also Sehnsucht sich auf ihren Weg machte, der auch der meine ist, sie würde mir davon und voraus laufen: was täte sie dort vorne? Ich stelle mir vor, wie sie vergebens über sich hinaustastet, ins Leere stößt, erkaltet und endlich wie ein Stein zu Boden fällt. Über den ich später, wenn ich die Stelle erreiche, stolpern werde.

Woraus setzt eine Minute des Läufers sich zusammen? Oder kürzer noch, ein einziger Augenblick? So viel Welt verschmilzt darin. Das Laufen, das ich spüre; oder schon vergessen habe, es geschieht nur für sich. Begleitet von allen Dingen, die den Läufer umstellen. Die Nacht verdeckt vieles, trotz der Laternen und leuchtenden Fenster. Doch Gedanken haben etwas aufgefangen von dem, was zu sehen war. Das Schaufenster der Buchhandlung, neben dem Justizpalast. Im Fenster ein Kosmos, zusammengewürfelt aus Büchern, und in jedem Buch eine eigene, ganze Welt. Jedes sichtbare Ding könnte etwas bedeuten oder zu einer Geschichte gehören. Schon schweifen die Gedanken ab vom Weg und von dort, wohin ein Ding sie verführen könnte. Sie laufen auch ohne solchen Anstoß davon und ziehen den Läufer hinter sich her, anderswo hin. – Wenn er versuchen wollte, einen solchen Augenblick zu beschreiben; in Wörtern abzubilden? Er würde, denkt er, mit einer Momentaufnahme oder Kurzgeschichte ins Unendliche aufbrechen.

Er läuft durch die Juninacht, durch die Rückstände des Tages, Straße und Häuser atmen Hitze aus, unreine, gealterte Hitze. Ein Atem, der sich staut unter einer flockigen, angebrannten Himmelsmilch. Wenn der Regen käme, denkt er, würde ihm leichter der Rückzug ins Innere des Laufwerks gelingen. Da sind zwei Wörter, die ihn begleiten, aber er will sie nicht länger vor sich hinsprechen mit tonlosen Lippen, auch nicht denken, stattdessen spüren. Einen Schmerz, der aus keiner anderen Quelle kommen sollte und auf nichts gerichtet sei außer auf dies eine: *Ich bin.*

*****

2. Juli 1961 – Ich schreibe wenig. Mit dem, was ich schreibe, will ich mich übertreffen. Doch immer weiter bleibe ich zurück hinter einem unbestimmten Wunschbild dessen, was entstehen sollte.

11. Juli 1961 – Vor einer Woche habe ich, beim Eintopf in der Mensa, Theo v. M. kennen gelernt...

Eine Sommergeschichte

11. Juli. Vor einer Woche habe ich, beim Eintopf in der Mensa, Theo v. M. kennen gelernt. Er stammt aus einem Pfarrhaus und studiert Theologie. Wundert es Sie, bei dem Namen?, sagte er lachend; und: Haben Sie *Kratylos* gelesen? – Ich habe den Platon-Band gekauft und arbeite daran. Doch eigentlich wollte ich mich philosophisch der Gegenwart entgegenlesen. Seit meinem Geburtstag liegt *Sein und Zeit* auf dem Schreibtisch.

N (Nietzsche): Nachdem Buddha tot war, zeigte man noch Jahrhunderte lang seinen Schatten in einer Höhle. Gott ist tot...
T (Theo): ... aber es gibt Menschen, die Jahrtausende lang seinen Schatten bewundern werden. So ist es.
N: Sie als Theologe erforschen ein Gespenst?
T: Nein. Ich interessiere mich für Menschen, die den Schatten wahrnehmen. Was stellen sie sich vor? Und warum, wozu?

12. Juli. Mit Theo in meinem Café. Wir sind beim Du angekommen. Platons *Kratylos* also (übersetzt von Schleiermacher, frühes 19. Jahrhundert). Philosoph Kratylos behauptet, jedes Ding habe „seine von Natur ihm zukommende Benennung", und es gebe „eine natürliche Richtigkeit der Wörter". Auch den richtigen Namen für einen Menschen. Ich richte mich nach meinem Namen, sagt Theo, der Theologe. Und du wirst immer der Gast, *xénos*, der Fremde sein.

13. Juli. Ich: von Namens wegen einer, der nie am Ziel ankommen wird? Sein Haus immer mit sich tragen muss? Aber wir (Theo und ich) halten es nicht ernsthaft mit Kratylos. Sondern mit seinem Gegner Hermogenes: Was die Wörter sagen oder bedeuten, beruhe auf „Übereinkunft" und „Gewohnheit" der Wortbenutzer. Also bleibe ich frei? Theo: Frei gegenüber dem Wort, ja. Zugleich ein Gefangener der Wörterbücher.

15. Juli. Mir wird schwindelig, wenn ich denke: Das Wort ist Treibsand. Auf Wörter wollte, nein: will ich bauen. Ich habe und bin doch nichts, außer Fleisch und Wort. Von denen eines ins andere übergeht; Wort zu Fleisch, Fleisch zu Wort. Es kann nicht sein, dass ich mich im Wort auflöse. Ich will darin existieren.

17. Juli. Den ganzen Tag über war ich in der Bibliothek. Ich habe nichts anderes gelesen als nur Wörterbücher, deutsch. Jetzt geht es mir wieder besser. Ich habe erfahren, dass die Wörter *da sind.* Was mich nicht stört, ist ihre Vieldeutigkeit. Aus ihr folgt meine Freiheit. Ich modelliere eine Bedeutung, die ich festhalten will, aus den Wörtern. Sie sind das Material; der Lehm, aus dem der erste Sprecher, Gott, sich einen Adam zurechtschuf. („Im Anfang war das Wort...") – Wie Wort und Freiheit noch zusammenhängen, bekomme ich im juristischen Unterricht ständig vorgeführt. Man streitet über die Auslegung eines Wortes im Gesetzestext; unterschiedliche Ergebnisse sind möglich. Welche Bedeutung vor Gericht gewinnt, davon hängt

ab, was mit einem Menschen geschieht. Fünf Jahre Gefängnis, oder Freispruch. Schicksal, in die Hand von Wörtern gelegt.

18. Juli. Als Autor will ich alles wahrnehmen, was die Wörter mir hergeben. Aber im Letzten verlange ich von ihnen nicht Freiheit, sondern Sinn. Gleichgültig, wie er in ein Wort gekommen ist. Das Wort umklammert ihn. Gibt ihn nicht mehr frei. Nicht einmal, wenn die Sprache gestorben (tote Sprache geworden) ist.

19. Juli. Genug von *Kratylos*. Du solltest das Beste von Platon lesen, sagt Theo. *Symposion*. – Zur Antwort hole ich meinen Block aus der Tasche und beginne zu zeichnen. Den Urmenschen, der im *Symposion* beschrieben ist. Die Kugel mit vier Armen, vier Beinen, zwei Gesichtern; dank ihrer Gliedmaßen bewegt sie sich radschlagend mit großer Geschwindigkeit voran. Der vollkommene Mensch, der alle körperlichen und geistigen Möglichkeiten in sich vereinigt. Wen wundert es, dass dieses Geschöpf mit den Göttern zu streiten anfing und den Olymp okkupieren wollte. Zeus fuhr mit dem Blitz dazwischen, halbierte die Aufrührer der Länge nach; übrig blieben halbe Portionen, die umherirrten und ihre abhanden gekommene Hälfte suchten. – Theo staunt, freut sich, nimmt den Faden auf, ergänzt: Der ganze Mensch war reine männliche Natur oder Weiblichkeit oder androgyn. Drei Variationen des Vollkommenen. – Ich denke, es waren zwei Vorstufen und ein wahrhaftig vollkommenes Wesen. – Und welches war das vollkommene, fragt Theo und die Spannung, die immer auf seinem Gesicht liegt, zieht noch an. – Die Mann-Weib-Kombination, wie sollte es anders sein. – Theo scheint über meine Antwort enttäuscht zu sein. Er starrt auf die Tischplatte und schweigt. Endlich hebt er den Blick, versucht ein Lächeln, das die überraschende Traurigkeit darunter nicht verbirgt und schon gar nicht auflöst, und sagt: Wir sollten auf den Großen Zusammenführer Eros anstoßen. Mit Cognac; einverstanden?

20. Juli. Die philosophische Botschaft aus dem *Symposion* begleitet mich seit Jahren. Sie war auf unbestimmtere Weise schon bei mir, bevor mir Hans Rüssel, der Schauspieler und Buchhändler („Der Bücherwurm"), das Werk zu lesen empfahl und verkaufte. (Herausgeber Ernesto Grassi. Kaufdatum eingetragen: 11. November 1958.) R. war es auch, der mich an Grete Haeberlein als Schüler empfohlen hat. Mir fällt auf, dass ich seit über einem Jahr nicht mehr in seinem Laden war. Er würde mich nach einem neuen Stück fragen und ich müsste mein Scheitern eingestehen. – Meine „Lebensphilosophie", so kann ich inzwischen meine Grundstimmung benennen: Nichts begleitet mich so beharrlich wie das Bewusstsein des Mangels. Was mir fehlt, ist das halbe Leben. Die im Urzustand von mir abgesprengte Hälfte. Wenn Gott Eros es gut mit mir meint, wird er uns wieder zusammenführen.

21. Juli. Fleisch wird zu Wort. Im *Symposion* wird gerade so philosophiert, wie Nietzsche es verwarf (Notiz 14. Januar). Der fleischliche Tatbestand, schlicht beschrieben: Cherchez la femme. Philosophisch wird daraus die Suche nach dem Ganzen. Was fehlt mir? Für das Fehlende habe ich das Wort „Weib": eine Metapher. Genau gesagt: Dieses Wort ist Name und Gleichnis in einem. Welche Vorstellung ich damit verbinde? Vor Jahren, noch bevor ich das *Symposion* kannte, war sie bildhaft. Bilder, die ich aus dem Kino mitgebracht hatte. Die Bilder sind immer unschärfer geworden, abgelöst durch Wörter. Das Weibliche. Das Wunderbare. Die überall hin begleitende Sehnsucht. Eine Hand, gelenkt von Eros, dem Vermittler. Eros ermutigt uns zu Berührungen, der Körper wie der Gedanken. Er führt, verführt hinein in den Versuch. Finden jedoch muss jeder Mensch für sich selbst.

23. Juli. Über Theo, wenn er spricht oder zuhört. Sein angespanntes Gesicht; eine Überdehnung der Haut. Doch sein Mund steht zwischen zwei Falten, die ihn wie einen Bonvivant

aussehen lassen. Dadurch erinnert er mich an JoSe. Auch die grauen Augen, die mir wegen ihrer Farbe wie Fremdkörper im Gesicht erscheinen. Sie haben ihre Geschichte. JoSes steingrauer, eisblauer Blick hatte versucht, mich in einen Bann zu schlagen. Ich hatte als Statist im Opernhaus angefangen; in der Weihnachtsoper für Kinder. Meine erste Rolle: Ein Henker, ganz in Rot, der Kopf unter der hohen Kapuze versteckt. Nach einer Vorstellung war ich es, der JoSe ansprach. Weil ich bei Allem und Jedem Anschluss suchte, was mit Theater zu tun hatte. JoSe lud mich in seine Wohnung ein. Einen Kuss von ihm habe ich ertragen. Als er sich mehr wünschte, bin ich gegangen. Er versuchte nicht, mich zurückzuhalten. In einem erschreckenden Zusammenspiel von Erregtheit und Zerbrochenheit stand er an der Türe, als ich ging.

26. Juli. Mit Theo im Café. Du könntest Ketzer sein, sagt Theo. – Warum nicht. Ich denke mir zu manchem, dass es genauso gut anders sein könnte. Oder dass Dinge besser wären, wenn sie anders wären. Da machen die Götter keine Ausnahme. – Dann bist du Simonit. Ein Gnostiker der ersten Generation. – ? – Theo erzählt: Simon Magus aus Samaria, ein Zeitgenosse Jesu. Schrieb eine *Große Offenbarung*, mit antichristlicher Heilsgeschichte. Gottvater sendet keinen Sohn zur Erde, er steigt selbst herab. Erlösen will er nicht die Menschheit, sondern sich. Er ist nur noch der Halbe; seine andere Hälfte haben ihm Dämonen geraubt. Seine weibliche Hälfte. Sie wird in der untersten Welt, bei den Armen und Elenden versteckt. In wechselnden weiblichen Leibern. Heidnische Konfusion, sagt Theo dazu. – Hat Simons Gottvater Erfolg? – Simon übernimmt dessen Rolle. Er findet die Gesuchte im Hafen von Tyrus, in einem Bordell. Versteckt in einer Hure. Nein, kein Happy End. In Rom wird Simon beim Versuch einer Himmelfahrt abstürzen. Nachzulesen in der Apostelgeschichte. – Ich: Der androgyne Gott oder die Gott gefällt mir trotzdem. – Theo: Der wahre Gott ist vollkommene Männlichkeit. – Vater und Sohn, verbunden durch Eros? –

Eigentlich durch Agape, die geistige Liebe. Aber (Theo zögert, willigt dann nachdenklich ein): aber menschlich nachempfindend, kommen wir mit Eros weiter.

28. Juli. Mittags mit Theo im Schlossgarten verabredet. Wir wollten Semesterschluss feiern. – Und Abschied, sagt Theo (unsicher, verlegen; so kenne ich ihn nicht). Ich gehe nach Heidelberg. – Ich werde dich vermissen. – Kommst du heute mit mir? – Ja. Wohin? – Wir könnten bei mir zu Hause feiern. – Ich komme mit. Und du (aber da reitet mich der Teufel): du zeigst mir deine Briefmarkensammlung. – Theos Gesicht läuft feuerrot an, verzerrt sich zur Fratze, für einen Augenblick fürchte ich, er werde mich anspringen, wahrscheinlich bin ich einen Schritt zurückgetaumelt. Dann dreht Theo sich pirouettenschnell um und rennt davon. Ich habe die Gelegenheit zu einer Erfahrung leichtfertig verspielt.

*****

30. Juli 1961 – „Jedes Fragen ist Suchen. Jedes Suchen hat seine vorgängige Direktion aus dem Gesuchten her" (*Sein und Zeit*, § 2). Wen oder was suche ich? Die Frage bringt mich in Verlegenheit. Mein Gesuchtes ist so unbestimmt wie „das Wunderbare". „Das Vollkommene." Das Gegenteil von dem, wenn ich ein verlegtes Ding suche. Das Verlegte kenne ich. Im Großen bin ich unwissend (unorientiert): suchend, was mir „Direktion" erst noch geben sollte.

1. August 1961 – Die Beute meines zweiten Semesters? Mosaiksteinchen, die zu keinem Mosaik passen. Ich habe das Gefühl, dass ich immer mehr in Scherben zerfalle. Da ist keine Form, in die ich meine Erfahrungen und Einfälle eintragen könnte. Ein Gehäuse der Identität. – Oder ist *das* die Freiheit?

2. August 1961 – Keine Ferienreise. Wenigstens will ich versuchen, die Gedichte der letzten zwölf Monate ins Reine zu schreiben. Manches hat fünf Fassungen oder mehr hinter sich. Vielleicht wird ein kleiner Band daraus. – Der Unterricht bei Grete H. endet. Sie hat meine Stimme noch in überraschende Tiefen getrieben. Wir schließen ab mit den beiden Sarastro-Arien. Meine Lehrerin sieht ein, dass ich mich künftig ganz dem Jurastudium zuwenden muss. Also doch ein *xénos*, den man nicht zurückhalten will.

Nachtgesänge. Gedichte

Vorsätze (Ältere Fassung)

an den horizont
        werde ich treten
und gesichter
        aus dem schiefer brechen
        neue gesichter

salben werde ich
        ihre stirnen
und ihr blick sei
        voll der güte
        oder voll des todes
aber er sei

an den horizont
        werde ich treten
eines tages
        und das warten beenden
und um mich her
wird geschrei sein

Vorsätze

an den horizont
werde ich treten
und namen
aus dem schiefer brechen
neue namen

ihre Gesichter
zersplittern unter dem hammer
ihre stimmen
sind schrill
ihre schreie
zerfallen zu staub

die spuren ferner wörter
an den händen
meine beute
werde ich
heimwärts tragen

Blendung

steine und wörter
eingeschmolzen
zähfließend über den
horizont
kein schrei gellt
zurück

andere
mästen das hölzerne Pferd
Troja im Sinn
                    mit Eisen und Zunder und Pech
                    das Meer tauchen sie ab nach Tang
                    und den Himmel nach Feuer
du aber
geblendet und stumm
tastend
die Tempelstufen empor
keiner schiebt in das Meer
den Rammkiel deiner Brust

wenn die rote Nacht aufspringt
wartest du
auf eine Angst die
dich zurückruft und dir
Auftrag erteilt

aber die hier
                    sind zu feige für ihre Angst
                    ihre Augen aus rissigem Glas
                    ohne Fieber
                    in diesem Blick liegt beschlossen
                    deine Verbannung

auf ihren Hunger wartest du
sie werfen dir vor die Füße
deine Freiheit

wenn sie dich riefen
bei deinem Namen
                    dem vergessenen

Elegie IV: Die Engel

ihre Gesichter
Treibgut

    ihr Blick Weihrauch
    ihr Atem das braune Licht

    begierig auf Ewigkeit
    aber verstoßen
    aus der Umarmung der Schlangen

ihre Verbannung
trat
in meine Verbannung

von den Wänden
wuchert
    ihr Gott
    hostienbleich
    der Gesang des Priesters
    kastratenschrill
    lockt das Ewige nicht

nacht II

geburt des windes
aus blauem krater
begleitet vom flügel
schlag der uhren

schleier der verheißung
umhüllen
die flüssin

nacht V

unsere tage
kehren aus den spiegeln zurück
geblendet
doch ohne wahn

dein blick
gefangen
im netz der flügel

endlos bin ich und
nicht sind wir
schritte   hinauf
steigen die   kathedrale
           gotische
drinnen
auf dem altar
das tote holz

park I

scherben trage ich
              durch die nacht
              gesichter und
              nie geschriebene lieder
mondblüte
die sphinx atmet salzige schatten

auf deinen lippen
              treiben äste
              schwer von hostien
deine hände
              i r r l i c h t

park III: brunnen

gesichter
                im staub der gussform

aus keinen augen der blick
                wirft über deine flucht
                                    erstarrung

Botschaft

Wind
das braune Salz
                    Säulen aus Niemandsland
du
an den Strand gekreuzigt
                         wo Bernstein kocht
                         krebsig im Flutlicht
                         dort fliehe
                                    Umarmung
wirf die Nacht von dir
                    Muscheln
                    verstummtes Auge der Welle
                    Cherubimflügeln gleich

im Schatten ferner Inseln
wartet auf dich
der tonlos rote Sopran des Orakels
dort
tauche das Meer ab
                         nach Rückkehr

*****

25. August 1961 – Einunddreißig Gedichte. Alles darin kreist, so scheint es mir, um eine Mitte. Die mir trotzdem nicht bewusst ist. Vielleicht überhaupt im Dunklen liegt. Ich bemerke, dass ich beim Schreiben gar nicht so weit vordringe. Weil die Wörter und Bilder mich einfangen. Mich abfangen, bevor ich beim sogenannten „Sinn" ankomme. In der Philosophie haben die Wörter (glücklicherweise) nicht so viel Macht über mich. Und bei der Prosa der Nachtgänge klammere ich mich an Erscheinungen in den Straßen. Ich weiß nicht, ob diese Gedichte gut oder miserabel sind. Seine Theaterstücke hielt damals der schreibende Jüngling für gut. Hemmungslos drängte er sie den Dramaturgen auf, die alles für unspielbar hielten. Die Stücke waren meine literarische Lebensform. Auch die Gedichte gehören zum (ungreifbaren) Lebensgerüst. Ein Grund, den Zensor zu scheuen?

27. August 1961 – Sonntag, mit Rainer H. Er ist Volontär bei der Zeitung, wird Publizistik studieren, sein Ressort wird die Politik sein. Noch immer ist er so erregt wie vor zwei Wochen. Die Mauer. Ihn empört aber auch, dass ich nichts zu proklamieren habe. Ihm genügt nicht, was mich an den Ereignissen beschäftigt. Eine Grundfrage oder Faszination: Warum und wodurch es der abstrakten Weltseite gelinge, die individuellen Leben, mithin das Konkreteste, zu verwüsten. Zu den Abstraktionen (also: zum Allgemeinen) gehört der Staat; konkret und real wird er in seinen Bütteln. Zum Beispiel als Bauherr einer Gefängnismauer rund um das Land.

28. August 1961 – Was ich damit meine: Vorherrschaft des Allgemeinen oder Abstrakten? Juristisch: Die Diktatur der Gesetze über die Vielfalt der Tatsachen. Politisch: Die Diktatur eines Systems (schöner) Ideen über alle, die es angeht. Die es glücklich zu machen verheißt. Freilich gibt es Abstraktes, das sich einem Menschen wie ein Schutzmantel um die Schultern legt. Götter. Oder ein philosophischer Gedanke. Eine Verszeile.

10. September 1961 – Ob ich mit Heideggers Hilfe dem Sein auf die Spur komme? Auf manchem Nachtgang habe ich das Sein heftig gespürt. Aber direkt und in einer Sprache der Wissenschaft kann ich es nicht beschreiben. Vielleicht lyrisch stammeln.

13. September 1961 – „Existenziale": Elemente des Seins. Heideggers Favoriten heißen: Dasein. In-Sein. Befindlichkeit. Sorge... Nichts, was mich auf Anhieb begeistert. Hier wartet Arbeit auf mich, keine Faszination. (Wie war das doch anders bei Malaparte oder Nietzsche.) Mein eigener Existenz-Katalog? Auf Platz eins setze ich: Eros. Den Gott, der Lust auf Verbindung weckt.

15. September 1961 – Seinsprogramm im *Symposion*: Von Natur aus beherrscht Mangel den Menschen. Der Mangel an der Wurzel des Seins ist: die Halbheit. Sie erzeugt das Verlangen nach Ergänzung. ErGANZung. Hier springt Eros ein. Er macht einen Menschen zum Liebenden, einen anderen zum/zur Geliebten. Ohne Garantie, ob er die richtigen Hälften zusammenführe. Arbeitet nach dem Zufallsprinzip oder auch mit Vergnügen am Scherz oder an der Bosheit.

16. September 1961 – Ein Jahr ist vergangen, seit ich den Süden zu spüren bekam und das Weibliche. Geblieben ist: die Große Abwesenheit.

20. Oktober 1961 – Ein Fernrohr ohne Linse richte ich auf das nahe Wintersemester. Ich könnte mir, wenn es mich trösten würde, ein paar besondere (teuere) Bücher kaufen. (Gut bezahlte Aushilfe in der Privatschule). Aber ich kann nicht sagen, welches Buch oder was für eine Art Buch mir schmerzlich fehlt. Ich nehme in die Hand, blättere, lege zur Seite: Sartre. (Wie hatte mich doch vor Zeiten *Das Spiel ist aus* gepackt.) Gide. (Wie hatte mich *Die Verliese des Vatikans* gepackt. Aber jetzt *Die Falschmünzer*??) Hemingway? Öde.

28. Oktober 1961 – *Sein und Zeit* weggelegt. Leicht ließe sich noch ein Jahr damit verbringen, dieses Gestrüpp zu durchziehen. Woraus setzt das Sein des Menschen sich zusammen? Nach den ersten fünfzig Seiten war ich übergegangen zu Streifzügen durch den Text, mit gelegentlichen Aufenthalten: bei „In-Sein", „Sein zum Tode", „Sorge". – In der Welt sein: Es verhält sich nicht so, dass ich und die Welt einander gegenüberstehen würden, als wären beide Seiten selbständig oder gar autonom. Wir sind immer schon ineinander verstrickt und verwoben. Ich: zusammengesetzt aus Teilen, die mir aus der Welt aufgedrängt oder geschenkt wurden. Die Welt: durchfleckt von mir, wenn ich auf sie schaue. – Das Sein zum Tode: Ich weiß um meine Sterblichkeit. Darum ist alles, was ich unternehme, der Zeit überantwortet („gezeitigt"). Der Wurm der Endlichkeit haust in allen Gedanken und in allen Werken.

29. Oktober 1961 – „Die Sorge". Sie ist dem Sein eingepflanzt und eine Folge des „Seins zum Tode". Auf ihre Spur hatte ich mich in *Sein und Zeit* vor allem geworfen. Vielmehr: auf die Spur dieses Wortes. Was mich bei Heidegger doch noch angelockt hat, ist die Art, wie er Wörter auspresst. Wie überraschend viel gibt ein Wort her, und wie viel Überraschendes, wenn man seine möglichen Bedeutungen aufspürt. Die Sinnmöglichkeiten ausreizt. (Ohne dass Wortontologie in Kratylos Manier zu unterstellen wäre.) – Also: Das „In-der-Welt-sein" ist „wesenhaft Sorge". Immer hat ein Mensch etwas zu „besorgen". Nicht im Sinn von: etwas erledigen, etwas beschaffen, einen Auftrag ausführen. Sondern er überzieht sein Dasein mit Sorge; deutlicher wäre: er zersorgt sich. In Sorge laufe ich mir voraus: besorgendes „Vorlaufen macht das Dasein eigentlich zukünftig". Aber die Zukunft erscheint belastet; denn aus meiner künftigen Welt wird mir schon heute etwas „Besorgtes". Der Sich-(Be-)Sorgende lebt im dann"; er „gewärtigt" etwas; er vergegenwärtigt dieses Gewärtigte. So „verfällt" er einem „Entwurf", an den er die Gegenwart ausgeliefert hat. Er lässt das eigentliche, aber

unter der Sorge begrabene Gegenwärtige „verfallen". Das triste Resümee: „Je nachdem das Dasein gewärtigend im Besorgten aufgeht und, seiner selbst ungewärtig, sich vergisst, bleibt auch seine Zeit ... verdeckt." Der Selbst-Besorger verschüttet sich unter „Besorgtem"; dort ruht er bekümmert.

6. November 1961 – Ein Mensch „besorgt" sich ein Sein. Wie das vor sich geht, wäre Stoff für einen Roman?

24. November 1961 – Martin Sorge, zweiundzwanzig Jahre. Studiert Medizin und Theologie. Im kleinen Café, es ist Freitagnachmittag, sitzen wir einander gegenüber. Er ist mir vor einer Minute eingefallen. Aber er ist seit Wochen unterwegs zu mir. Ich bin soeben sein Autor geworden.

Sorge (S): Warum dieser Name? Mit dem Alter bin ich einverstanden. Aber nicht mit den Fakultäten. Der halbe Faust. Und Sie, nicht wahr, beanspruchen die bessere Hälfte: Philosophie, Juristerei.

Autor (A): Der Name ist richtig. Martin, wie Heidegger. Sorge, weil du dich be/sorgst. Du bist dem Sein hinterher. Real; darum die Medizin. Und spekulierend, als Theologe. Ein Täter und Denker.

S: Ich kann mir vorstellen, was Sie mit mir im Sinn haben. Ich erinnere mich an Ihre schrecklichen Theaterstücke. Vermutlich soll ich als Theologe verrückt werden und als Mediziner zum Mörder.

A: Anders herum wäre spannender. (Was ich nicht sage: Über dieses Gespräch fühle ich mich plötzlich so heiter wie seit Monaten nicht mehr.)

S: Sie glauben, als Autor seien Sie immer der Herr, unsereins der Knecht. Auch ich könnte sagen: Anders herum wäre spannender. Ich könnte dafür sorgen, dass die Hierarchie umkippt.

A: Fürs erste hast du eine einzige Aufgabe: Besorge dich.

S: Ich werde es versuchen. Aber ich verspreche Ihnen: Ich werde scheitern.
A: Eine Drohung?
S: Sie wollen, dass ich Ihnen einen heiteren Advent verschaffe. (A denkt still: Woher weiß er das?) Ich quäle mich, Sie flanieren die Hauptstraße hinunter. Sie wollen sich amüsieren und schreiben sich den armen Sorge von der Seele. Aus dem Kopf. Ich bin nicht der Mediziner, ich bin Ihre Medizin. Sie haben genug davon, dass Sie Ihre Nachtgeschichten und Gedichte alleine und selber aushalten müssen. Außerdem zieht es Sie zurück ans Theater, Sie legen schon Rollen fest.
A: Nur zur *Studiobühne*, vielleicht.
S: Natürlich gefiele es Ihnen, dafür ein Stück zu schreiben.
A: Danke für die Anregung. Mit einem Solo für und über Sorge werde ich schneller fertig als mit einem Roman.

Martin Sorge. Ein Monodram

Ich heiße Martin Sorge.
Ein Name, den ich hasse.
Wegen des Namens ist jener, der so heißt, mir verhasst.

Sorge hat eine Vorliebe für den archimedischen Punkt. Dieser Punkt ist mein Unglück, sagt er. Und erklärt: Alles, was unbedingt Wert hat, hat Ewigkeit. Ich stehe auf dem Standpunkt der Ewigkeit. Da ist das Ewige und ich bin sein Ebenbild. Was muss ich tun, damit ich das Maß erfülle?

Ich möchte eine Welt erfinden. Aber die Welt läuft mir davon, wenn ich daliege und die Augen schließe. Ich bin verdammt, zu scheitern.

Dass mir die Welt davonläuft, liegt an mir. Dass sie aus dem

Staub geboren ist und zum Staub zurückkehren wird, liegt an der Welt. Was könnte ich dagegensetzen?

Sorge sucht zu viel. Darum findet er nichts.

Ein neuer Tag. Ich schaue dem neuen Tag ins Gesicht. Der Tag ist die leere Augenhöhle eines Schädels.

Sorge hat angefangen, Gedichte zu schreiben.

Er hat Zweifel, ob er zum Dichter begabt sei. Oder nur Dichtung nachahme.

Sorge rechtfertigt vor sich selbst, warum er, so oder so, Gedichte schreibe:

Ich beschreibe Papier und häufe es an. Ich muss mir beweisen: Ich bin. Verloren sind Tage, von denen nichts Sichtbares zurückbleibt.

Ich bin nicht überzeugt; nicht eingefangen; nicht wütend; ich bin kein Sprachrohr einer Idee. Die Zeichen auf dem Papier nur sind wichtig. Sie sind meine einzigen Spuren. Sie bedeuten den Weg aus dem Nichts.

Sorge stellt sich drei Modelle des Seins zur Auswahl:

Wie gut, einer der Überzeugten zu sein. Es beschäftigt, erfüllt; man ist glücklich und leidet. – Der Spieler: Ich bedauere die Überzeugten. Sie sind ihren Einfällen ausgeliefert. Ihre Gesichter glänzen von Begeisterung oder vom Schweiß. Was von ihnen überlebt?

Wie gut, ein Spieler zu sein. Es beschäftigt, erheitert; man ist glücklich und leidet. – Der Überzeugte: Ich bedauere die Spieler. Sie sind nichts als Wüste. Ihre Gesichter sind hohle Masken. Was von ihnen bleibt?

Wie gut, das Nichts zu sein. Es denkt die anderen Rollen, schreibt ihren Dialog auf, wirft ihn weg. – Und leidet.

Das Nichts *sein*. Wenn das Nichts *ist*, kann es nicht zugleich *nicht*-sein. – Sorges Trostsatz.

Sorges dringlichster Wunsch: Eine These, zu der es keine Gegenthese gibt.

Einfälle, Gedanken, Kopfgeburten: Sie sind etwas Absolutes in dem Augenblick, da sie ins Bewusstsein treten. Dann jedoch, auf die Probe gestellt, sei es durch Nachdenken oder bloß durch längeres Liegenlassen? Gedankenstaub.

Da capo, zur Vergewisserung: Das Nichts als die haltbarste Art des Seins: Nichts-*Sein*. Nichts: also zum Beispiel nicht so brennbar wie Papier oder zerbrechlich wie ein Mensch.

Sorge, abends:

Hat es Sinn, wach zu bleiben? Schlafen zu gehen?

Ich glaube, dass ich abwarten kann ohne Bezugspunkt; ohne Ziel. Manchmal vermute ich, dass ich gar nichts anderes tue. Ich bilde mir ein, frei zu sein. Aber ich bin nur im Zustand leerer Erwartung. Die Leerform des Wartens. Was sich auf Zukunft richtet, können wir auch leer vollbringen.

Sorge denkt nach, wie ein Liebhaber der Leerform werktätig sein könnte:

Ein Haus will er bauen, aber so, dass es ohne Mühe zerstört werden kann. Er will es bauen im Hinblick auf die Zerstörung.

Angefangen hatte es ganz anders, denkt Sorge. Ich spürte: Tief unter den Häusern wohnt das Feuer. Unter dem Boden, dem ich meine Schritte anvertraue. Es ist spürbar in jedem Schritt. Einst glaubte ich, man könne das Feuer löschen. Ich wollte kämpfen gegen den Brand. Und gegen die Dummheit, die seine Existenz leugnet. Gegen die Gleichgültigkeit, die ihn übersieht. Gegen das Verbrechen, das ihn ausbeutet. – Gedanken, wie sie den

Siebzehn-, Achtzehnjährigen oft befielen. Wenn er, zum Beispiel, Max Frischs *Biedermann und die Brandstifter* gesehen hatte.

Leben ist: Angst haben davor, eines Tages nicht mehr zu leben.

Sorge liest einen jener beliebten Zukunftsromane, in denen die Vernichtung der Menschheit beschrieben wird. Hier geschehen durch eine typische Panne: Die Großmächte schützen sich vor Angriffen der Gegenseite durch Raketengürtel entlang der Grenzen. In den Raketen: alles, was dem Erfinderstolz der Chemiker schmeichelt. Die Giftpfeile werden bewacht und bedient von Robotern. Die Roboter haben heimlich und verbotswidrig Beziehungen über die Grenze hinweg aufgenommen. In friedlicher Absicht zunächst, jedoch mit wachsender Feindseligkeit. Eine Seite eröffnet den Angriff.

Martin Sorges *Ballade wider die Zufälligkeit:*

Sorge hat
einen Regenwurm zertreten
ohne es zu wissen oder mit Lust
aber wo bleibt
der Rachechor der Regenwürmer
und unsererseits der Staatsanwalt

Sorge liest im *Stern*
und sieht die Fotos
von der Ermordung des Menschenfreundes
Tribun Lyriker spielte Cello fünf Kinder
aber
kein Wort davon
dass die Sonne sich verfinstert habe
die Erde gebebt
der Vorhang im Tempel zerrissen

Sorge sieht
Wolken heraufziehen
in den rosa Abendhimmel
warum
erkennt keiner die giftgrünen Schlieren
im heiteren Pastell
eine letzte Regennacht
die Archive geschlossen
aber
Gaia kreist um die Sonne
auf eingeschliffener Bahn

Fortsetzung
in Sorges Gedanken
Meteor trifft Erde
die einst Kreisende zertrümmert
nie wieder Jahreszeiten
Mondaufgang über Hügeln
Ebbe und Flut
ein Planet weniger in der Galaxis
die gestörten Gravitationen
werden sich einspielen

was an mir
ist sechs Tage älter
als die Welt ?

Sorge hat sich eine Maske aus Wunschlosigkeit angelegt. Zur Vermeidung von Enttäuschungsschmerz.

Wenn dies gelänge: Sinn und Wirklichkeit nirgends zu suchen außer im Augenblick? Die Welt sei: Jetzt! – Es ist nur ein Gedanke, meint Sorge dazu.

Sorges Unruhe. Wie eine Angst vor Verlust. – Seltsam für einen Menschen, denkt Sorge, der immer weniger zu verlieren hat. Der abnimmt an Sinn, von Tag zu Tag.

Sorges Programm (Für wie lange wird es vorhalten?, fragt Sorge sich; zweifelnd.):

Von Dingen unabhängig werden. Sie nur aufnehmen, umsetzen (ich scheue mich zu sagen: verdauen), fallen lassen. Nicht ihren Besitz wollen. Kein Museum einrichten. Alles, was die eigene Existenz ausmacht, ständig bei sich tragen. Auch die anderen Menschen. Meine Liebe oder meinen Hass behalte ich für mich. Und sogar Notizen wie diese müssen entbehrlich werden. Ein Tagebuch? Schreiben, auswendig lernen, verbrennen.

Sorge hat im Rathaus ein Antragsformular für einen Pass geholt. Er weiß nicht, welches Reiseland er angeben soll.

Die Dinge sind nicht sinnlos von sich aus. Wunschdinge zu besitzen, macht klüger und glücklich. Sinn- und wertlos werden sie durch das Wissen, dass sie zerstörbar sind. Das Wissen von der allgegenwärtigen Möglichkeit der Zerstörung.

Hinter den brennbaren Dingen die unbrennbaren Ideen? Hinter allen brennbaren Häusern die unbrennbare Idee des Hauses? (Mit Platon gedacht.) Jedoch, die angstvolle Verachtung für Materie schlägt auf die Idee zurück. Dass Ideen existieren, lässt sich immer schlechter glauben; das Nichts rückt näher. Menschen, Dinge, Ereignisse werden zum „Dennoch". Eine Trotzreaktion gegen das Nichts, nicht aber die Erscheinungsweise einer Idee.

Zur Erinnerung: Auch das Nichts *ist*. Also wird, was da ist, pures *Nicht*sein niemals erreichen. Niemals dem *Nicht* ganz und gar verfallen.

Wie hat man sich das vorzustellen: Da *ist* ein Hauch von Restexistenz der Welt. Der ganzen Welt? Jedes Einzelteils dieser Welt?

Dass sogar das Nichts ist, dafür gibt es einen Namen. *Gott.* Der Rest von Dasein, der noch im Nichts liegt. Die einzige theologische Wahrheit. Was wir sonst noch glauben und predigen, ist Dichtung. Schmuck, aufgehängt am bedeutungsleeren Gerüst der Welt.

Unterstellt, wir dürften die Welt aufteilen in Ideen und Erscheinungen: die klare Idee im Hintergrund, aber um mich herum das bunte Treiben ihrer Phänomene. Die Idee: Prinzip oder Kalkül, klarer Schaltplan, eindeutig. Die einzelne Anwendung der Idee: Wuchernd, tropisch, rankend vom Zusätzlichen. Das Leben liegt in der Wucherung; in der wilden Zutat zum kühlen Prinzip. Die Idee ist gottgleich. Auf ihre Resultate ist sie nicht angewiesen. Sie, die Erscheinungen, sind zum Absterben bestimmt.

Ich als Ergebnis einer Idee? Martin Sorge wird eines Tages spurlos verschwunden sein. Der Sich-Besorger als Idee aber, er und bloß er, bliebe einen logischen Schritt vor dem Nichts stehen. Vom Nichts getrennt durch den leeren Gott.

Als Theologe bin ich hinter der Unsterblichkeit her. Als stud. med. soll ich lernen, wie das Sterben hinausgezögert wird. Die Verlängerung des Ich, bevor es sich aufzulösen hat. – Mindestens einer dieser Berufe hat keinen Sinn.

Heute, denkt Sorge eines Morgens, werde ich über meinen Namen springen. Ich werde wuchern, ohne mir etwas dabei zu denken.

*****

1962

6. Januar 1962 – Holger K. Er will Karl Kraus, *Die letzten Tage der Menschheit*, auf die Bühne bringen. Ob ich mitmachen werde? Bedenkenlos: Ja.

12. Januar 1962 – Ich habe mir das Buch gekauft; 770 Seiten. Es beginnt mit einer Warnung: „Die Aufführung des Dramas, dessen Umfang nach irdischem Zeitmaß etwa zehn Abende umfassen würde, ist einem Marstheater zugedacht." Holger K. ist seit Monaten damit beschäftigt, einen Auszug herzustellen. Das Textbuch für eine szenische Lesung. Vielleicht eher ein Oratorium für Sprechstimmen. So schlicht wie möglich in Szene gesetzt. H.: „Wir bauen auf die Sprache. Die Säure liegt in den geredeten Sätzen."

13. Januar 1962 – Die „letzten Tage": das sind die vier Jahre des ersten Weltkriegs. Danach gibt es die Menschheit nicht mehr: „Zerstört ist Gottes Ebenbild!" Die Überlebenden also Nach-Menschliche. Neuanfänger, wie vormals nach der Sintflut? Anfänger, die früher oder später abermals bei letzten Tagen ankommen werden... Zunächst, im November 1918, hatten (zu) viele der Mittäter überlebt. Nach einer Pause, eher bloß Zwischenzeit fürs erneute Ausholen, folgte deshalb Teil Zwei; schändlicher noch als der erste Teil. Ein zweiter Karl Kraus, der die Fortsetzung für das Marstheater geschrieben hätte, fand sich nach 1945 nicht.

21. Januar 1962 – Auf die Marsbühne bringt der Autor 220 Szenen, mit Momentaufnahmen an kriegerischen oder an scheinbar eher friedvollen Orten. Die Akteure stammen aus der k.u.k-

Monarchie und dem preußischdeutschen Reich. Figuren aus allen Ständen und Schichten, die überwiegend dumm oder niederträchtig reden. Überall herrschen Pathos und Phrasen vor, um die ausgebrochene Metzelei, den anhaltenden Massenmord zu verklären. Das Gerede als Humus des Bösen. Gleichzeitig Spiegelbild und Nährboden des Kriegsverbrechens. – Begleitet werden die Szenen von zwei Protagonisten, dem „Optimist" und dem „Nörgler"; sie kommentieren das aktuelle Welttheater. Der Nörgler (das ist Karl Kraus selbst) verehrt die deutsche Sprache, sieht aber „tief unter ihr den deutschen Sprecher" (S. 201). – Ein Autor braucht den Weltuntergang nicht zu konstruieren, wenn (oder weil) er ihn zitieren kann. Doch warum ein Stück für das Marstheater? Die Erdbewohner, meint Kraus, würden dieser Begegnung mit sich selbst nicht standhalten. Also: Der Blick auf die Abbilder wäre unerträglicher als das Mitmachen vorher?

23. Januar 1962 – Die Sprache „an sich" ist der Wahrheit und der Lüge gleich nah? Sie lässt sich zum einen oder anderen Zweck verwenden. So dass wir keinem Satz (ihm allein, unmittelbar) anmerken, ob er wahr oder falsch ist? – Soll ich denn schon wieder an meinem Lebensstoff verzweifeln müssen! Dieses Mal wären die Wörterbücher keine Medizin, wie im vergangenen Juli.

25. Januar 1962 – Der „Nörgler“ rettet mich. Er sagt es doch klar und deutlich: Ob wahr oder falsch geredet wird, hängt nicht von den Wörtern ab, sondern von den Sprechern. (Wenn Ludwig Ganghofer eine monströse Kanone beschreibt, als wäre sie ein kleines Mädchen, ein „Cousinchen" mit lieblichem „Mündchen", *Letzte Tage*, S. 101, dann ist dieser Kitschproduzent im Trachtenanzug auch ein Vergewaltiger der freundlich gestimmten Wörter, ein schmieriger Ganove, der das Kindliche schändet, ein krimineller Vermehrer der Dummheit, ein Ermutiger der Gemeinheit, ein Gehilfe der Weltverwüster, ein

teuflischer Lügner. Und bei alldem erst ein kleiner Fisch im Schwarm der verbalen Menschheitszerstörer.)

27. Januar 1962 – Herr Nörgler, was ich schreibe, ist das Wahrheit? – Schreiben Sie nach bestem Wissen und Gewissen? – Ich denke es. – Dann schreiben Sie jedenfalls wahrhaftig.

28. Januar 1962 – Wie wahr ist ein Gesetzestext, aus dem ich nicht herauslesen kann, was er „sagt"? Ich muss in einem Kommentar nachschlagen und erfahre dort, was das Gesetz meint. Ich lese Auslegungen: die herrschende Meinung, aber auch abweichende Meinungen, die den Text anders verstanden haben. Die Interpreten haben sich wahrhaftig angestrengt? Also ist das Ergebnis wahrhaftiger Anstrengung: ein Meinungsstreit. In welchem die Beteiligten einander des Irrtums bezichtigen.

29. Januar 1962 – Recht, Gott und die Theologie, um nichts besser die Philosophie: die Blüten des Denkens waren vielleicht machtlos, öfter jedoch hilfswillig gegenüber dem Wahn der „letzten Tage". Sumpfblüten des Denkens. Das bedeutet: Überall studiert Unsereiner sich Erbsünden an den Hals.

5. Februar 1962 – Belegt habe ich in diesem Semester das notwendige Jura-Programm. Ich treibe mich in allerlei anderen Vorlesungen herum; ziemlich besuchsweise. Ein Fehler war, dass ich Kant, *Kritik der reinen Vernunft*, versäumt habe. Jetzt wüsste ich mehr darüber, wie Erkenntnis funktioniert und Wahrheit erreicht wird. Ich habe immer nur als ungelernter Hilfsarbeiter versucht, die Welt zu erkennen oder zu verstehen. Dabei verhalte ich mich so, wie ich es von früh an bei anderen Menschen abgeschaut habe. Ich bin ins Theater gegangen, habe Textbücher gelesen und mit dem Stückeschreiben angefangen. Ich habe Deutsch gelernt, rede nach der Grammatik und halte die Ergebnisse für wahr oder richtig. Ich habe Gedichte ge-

schrieben, nachdem ich Gedichte gelesen hatte. Wenn ich andere nachahme, unterstelle ich doch, dass sie es richtig machen. Aber haben sie Erkenntnis studiert? Sind sie (oder die meisten) nicht ebenso Dilettanten der Wahrheit wie ich? Kant allein zu lesen, im Bett liegend, oder im Café sitzend, ist eine Quälerei. Obwohl ich daran gewöhnt bin, für mich zu studieren statt im Kollektiv. Für den Schüler besteht der Hauptweg zur Wahrheit offenbar darin, dass er seine Lehrer nacherzählt. Nachredet oder wenigstens ähnlich wie sie redet.

6. Februar 1962 – Die vielleicht chaotischen Verhältnisse rund um die Wahrheit (chaotisch nach meinem armseligen Kenntnisstand) lassen mich seltsam kalt. Ich fange an, sie wahrzunehmen, aber das Chaos beunruhigt mich nicht. Mir kommt es darauf an, dass *die Sprache* mit mir ist. So wie andere Menschen sich bei ihren Göttern gut aufgehoben fühlen.

7. Februar 1962 – Meine Sprache: Das ist die Welt für mich, spätestens seit meinem fünfzehnten Lebensjahr. Mein unbrennbares Haus. Meine Lebensversicherung. Der archimedische Punkt, den Martin Sorge zu besitzen wünscht und den er nicht finden wird. Er steht sich im Weg, heillos.

8. Februar 1962 – Sage mir, Kratylos, trägt der Optimist in den *Letzten Tagen* seinen wahren Namen? – Wie, teurer Xenos, redet dieser Optimist? – Er sagt: „Die Guten werden besser und die Schlechten gut. Der Krieg läutert." – Dann sieht er die Welt auf dem rechten Weg. Also heißt er zurecht so. – Ich begreife. Sein Name ist wahr unter Kriegsverehrern. Wahrheit hängt ab vom Standpunkt.

5. März 1962 – Ferien. Keine Reise. Aber ich erwache jeden Morgen hinein in einen Tag von utopischer Weite. Um mich herum nichts als Möglichkeiten. Wenn ich mich trotzdem umstellt fühle, gelegentlich, dann von Ungreifbarem.

6. März 1962 – Weiterschreiben an Martin Sorge? Er scheint das halbe Leben zu sein. Die Hälfte des Denkens. Trotzdem: Er ist nicht das Modell, dem ich verfallen möchte. Er ist der Hund, auf den ich nicht kommen möchte. Literarisch wäre er brauchbar. Einer, der sich kompliziertes Unglück vorhersagt und dann banal scheitert. Als Denker ließe er sich auch pur (ohne Story) betreiben, sein Philosophieren ginge mir leicht von der Hand. Und er wird mir, fürchte ich, noch oft genug in die Feder diktieren, wenn ich versuche, gegen ihn anzuschreiben. Wen könnte ich ihm entgegenstellen? Vielleicht einen zu schwerblütigen Komödianten. Oder einen Tragöden mit gewissem Mangel an Ernsthaftigkeit. So oder so ein Widerpart, auf den Sorges Schatten fiele.

Franz Euler. Eine Zurechtlegung

Ich heiße Franz Euler.

Ein Name, der keinen Sinn für mich hat.

Darum fühle ich mich unbelastet. Frei vom Namen, darf einer sich erfinden.

Franz erwacht in einen Tag hinein, den er als unendlich weit empfindet. Welch eine wundervolle Leere, denkt er, während er spürt, wie sein Körper schwerer und gegenwärtig wird. Ich bin, denkt Franz, und alles, alles könnte geschehen.

Ein leeres Zimmer, denkt Franz: Ich sollte ein leeres Zimmer haben, ohne ein Möbelstück. Die Wände weiß. Ein Zimmer, das ich zu Anfang nur mit dem Morgenlicht teile. Dann aber, mit der Zeit, werde ich in diesem Zimmer versammeln, was mir wertvoll ist. Dinge, und vor allem Gedanken. Erkenntnisse. Spuren eines Tages, die ich in den nächsten Tag hinübertrage. Die mich in den nächsten Tag hinübertragen.

Franz sitzt in seinem Zimmer, am Schreibtisch: eingekreist. Hinter ihm das Regal mit Büchern. Zur einen Seite das Bett. Zur anderen ein Kleiderschrank. Durch das Fenster fällt sein Blick auf die graue Sandsteinfassade des Hauses gegenüber, zwischen ihm und diesem Haus liegt ein Block grauen Lichtes. Wenn dies alles mich nicht beträfe?, fragt sich Franz. Oder vielmehr nur so beträfe, wie ich essen muss, um nicht zu verhungern. Ich esse, um meinen Körper zu behalten, weil ich mir ein Leben als Gespenst nicht vorstellen kann. Das heißt: Vorstellen kann ich es mir, aber nicht daran glauben. Ich brauche ein zweites Zimmer. Mein eigentliches Zimmer. Zimmer des Eigentlichen.

Franz weiß, dass es sinnlos ist, auf das leere Zimmer zu hoffen. Die Miete dafür kann er nicht bezahlen. Aber Franz neigt zur Schriftstellerei. Darum weiß er auch, wie er fehlende Wirklichkeit zu ersetzen habe. An Stelle des leeren Zimmers ein leeres Schreibheft. Auf dem noch leeren Papier wird er sein Leben ablagern. Vielmehr: Dort wird er sein Leben vollbringen; er wird sein Leben ausfüllen mit den Spuren des einen Tages, die in den nächsten Tag zu retten seien.

Franz auf der Suche nach einem ersten Satz, mit dem er das Zimmerbuch oder Buchzimmer eröffnen könnte. Es wird wie immer sein, denkt er: seitenweise Durchgestrichenes, bevor die erste Zeile standhält. Franz hat Gedichte aufgehoben, die aus drei Seiten gestrichenem Text und am Ende aus fünf oder sechs Zeilen fertigem Werk bestehen, das ihm so auch nicht mehr gefällt. Ähnlich sehen die Manuskripte der Kurzgeschichten aus; zwischen den Zeilen, um genau zu sein: den stehen gebliebenen Zeilenresten, drängen sich viele gestrichene und wenige nichtgestrichene Wörter. Würde der Autor seine Papiere einem Freund (den er nicht hat) zeigen, bekäme er vielleicht zu hören: Ja, so sollte man leben dürfen. Wegstreichen, was nicht gelten soll, und die Sache besser wiederholen.

Aus einer Vorlesung zum Naturrecht hat Franz, denn er studiert faustisch quer durch die Fakultäten, diesen Satz mitgebracht: *Homo naturaliter est animal rationale et sociale.* Ein Beutestück für das leere Buch, das ein leeres Zimmer darstellt? Nicht an den Anfang, denkt Franz; er wünscht sich ein stärkeres Leitmotiv für alles, was danach kommen sollte.

Immerhin wäre es ein wahrer Satz, denkt Franz. Ein Satz von der Wahrheit eines Grundsteins. Aber sind Grundsteine „wahr"? Sie müssen das Haus nicht tragen, im physikalischen Sinn. In einem symbolischen Sinn aber sollen sie es doch tragen. Und welchen Sinn hat jener Satz über die menschliche Natur?

Ich bin ein *animal.* Die natürliche Basis des Menschen, unbestreitbar, jedoch eine Banalität. Obwohl: Im Wort *animal* steckt *anima*, die Seele. Also gibt es eigentlich kein seelenloses Tier. Beseelt, und darüber hinaus *rationale*, vernünftig: auch dagegen muss man sich nicht beschweren. Ein schmeichelhafter Satz; wahrscheinlich als Ideal gemeint, ein Stück höherer Wunschtraum. Franz spürt, dass in ihm fortwährend irgendetwas denkt. Ob in allem vernünftig, unterstellt er nicht. Bei Gedanken, die frei dahinlaufen, wäre dies eher zweifelhaft; korrigierendes Mitdenken wird eingreifen, damit sie Vernunft annehmen. Doch was überhaupt ist *Vernunft?* Zum Beispiel, und Franz denkt an eine andere Vorlesung, gibt es vernünftige Mittel. Der Mensch ist vernünftig, weil er Werkzeuge herstellt, durch die er erreicht, was er will. Da will jemand einen Stein zertrümmern; also greift er zum Hammer. Der Hammer ist verdinglichte Vernunft. Der Hämmerer belebt sie wieder, in seiner Hand wird sie lebendig.

Franz beim Versuch, sich mit der Vernunft als Hammer anzufreunden:

Den wirkungsvollen Hammer benutzen statt der fragilen Faust. Doch warum soll ich den Stein zertrümmern? Weil ich es so will. Ich wünsche mir Trümmer. Und mein Wunsch braucht nicht vernünftig zu sein? Genügt Wut, damit ich vernünftig werde, das heißt: zum Hammer greife? – Tatsächlich wünsche ich mir nicht, einen Stein zu zertrümmern. Dabei sollte ich mehr und heftiger wünschen, um die Vernunft zu provozieren. Heftig und zugleich genau; präzise. Wer nicht weiß, wo er ankommen will, kann nicht den besten Weg wählen.

Franz hat einen Einfall, aus dem ein erster Satz entstehen könnte. Noch ist alles Entwurf, nicht reif für das Zimmerbuch oder Buchzimmer, nur auf einen Zettel zu schreiben:

Ich bin nicht darauf versessen, mir etwas zu wünschen. Stattdessen halte ich es mit der Sehnsucht. Ein Wunsch steht fest, er kann sich nur noch erfüllen oder scheitern. So oder so ein Ende. Ein Verlust. Sehnsucht dagegen ist, wie Hunger und Durst, unstillbar. Also unsterblich. Das einzige Unsterbliche an mir? Also meine Seele?

Franz als *animal sociale*. Man übersetzt: *geselliges Lebewesen*. Jedoch auch: *vergesellschaftetes Lebewesen*. Mit Ameisen oder Bienen fühlt Franz sich nicht verwandt. Überhaupt würde er „sozial" gern ersetzen durch: erotisch. Von Gott Eros geleitet. Ein Mensch weckt in Franz das Verlangen nach Nähe, oder der Kerl (die Kerlin) ist ihm gleichgültig. Zu den Gleichgültigen ist Franz höflich, er rettet sich in den bürgerlich gehörigen Ton. Hält Abstand, da er jene anderen nicht verletzen, noch weniger aber berühren möchte. Berühren nicht einmal mit Gedanken oder mit lebendigen Sätzen.

Franz notiert: Ich möchte Menschen mit Gedanken und Wörtern berühren. – Kein erster Satz, doch immerhin wert, aufgeschrieben zu sein.

Für den Auslauf des Sozialtieres hat Franz sich einem kleinen Kreis angeschlossen. Von Freundeskreis zu reden, wäre übertrieben. Man unternimmt etwas gemeinsam. An Mittagen nach der letzten Vorlesungsstunde, gelegentlich schon statt der letzten Stunde. Eine Fahrt den Ratsberg hinauf, am Nordostrand des Universitätsstädtchens. In ein Wirtshaus, für ein oder zwei Stunden, um Billard zu spielen. Ein, zwei Gläser vom süßen, aggressiven Beerenwein zu trinken. Studienkollegen, das Wort „Kommilitonen" missfällt Franz. Dazu, an manchen Tagen, Waltraud und Sabine. Franz hat das Gefühl, die beiden jungen Frauen, obwohl stud. iur, seien ihm nicht gleichgültig. Aber er spürt keinen Eros, der ihn zur Berührung verführen möchte. Dies also, denkt Franz, habe ich unter „sozial" zu verstehen: Gleichgültigkeit und Eros sind abwesend. Zwischen Nein und Ja gibt es einen Lebensraum, der gar nicht eng ist. Sich dort aufzuhalten, macht weder unglücklich, noch glücklich. Dort vergeht Zeit, die ich hinterher nicht vermisse. Für ein paar Stunden war ich aufgehoben.

Franz und Kollegen werden eingeladen von Waltraud. Oder von ihren Eltern. Man nennt es „eine Party". Wir sollen beschnüffelt werden, sagt Manfred zu Franz. Manfred versteht es, dergleichen Sätze so zu sagen, dass von vornherein klar ist, wer die Beschau gewinnen wird. Waltrauds Vater handelt *en gros* mit Knöpfen und Zwirn. Ein älterer, beleibter Bürger; Franz freut sich über diese leibhaftige Definition des Wortes „jovial". Ein Urbild, mitzunehmen für den literarischen Bedarf. Waltrauds Mutter erinnert ihn an seine Großtante. Franzens wiederkehrender Einfall: Jemand müsse zum Flederwisch greifen und Waltraud abstauben.

Eine Woche später die Party bei Sabine. Der Vater: Rechtsanwalt, ein schlanker, blonder Herr aus Hamburg. Die Tochter ist die Angel, sagt Manfred, der Alte fischt sich damit einen Lehrling und Nachfolger. Kein Zweifel, welcher der anwesenden Fische erwählt wird. Sabine ist ein zartes Persönchen mit überraschend rundem Kopf, den ein Gewölbe aus Locken noch vergrößert. Franz bewundert ihre Aussprache: Naturgegebenes Hochdeutsch.

Franz geht ins Theater, allein. Kammerspiele; eine Komödie, nur zwei Stunden. Ein Vorspiel für das Eigentliche des Abends. Nach der Vorstellung sitzt Franz in den *Theaterstuben.* Er hat seinen Tisch für sich, eines der freistehenden runden Tischchen in der Mitte. Nicht, dass Franz sich zur Schau stellen wollte. Ihm kommt es auf leeren Raum an. Keine drängende Wand im Rücken. Nicht die aufgeheiterte Nachbarschaft am zu nahen Nebentisch. Wenn er wollte, könnte er zur Seite treten, den Tisch umrunden und aus einiger Entfernung sich selbst beobachten. Junger Mensch, bleiches Gesicht unentschieden zwischen rundlich oder länglich, helles Haar, blauer Anzug, zum weißen Hemd ein rotseidenes Paparé, neuester Krawattenersatz. Kleine Nach-dem-Theater-Mahlzeit. Das Weinglas. Zum Mokka die flache Zigarette. Was denkt er? Was hat er im Sinn? Franz wünscht sich etwas Rituelles. Der Kellner hilft dabei, ein alter Mann im Frack, das Gehen fällt ihm am späten Abend sichtbar schwer, aber in seinen Bewegungen liegt Erinnerung an verloschene Feste. Er ist so etwas wie ein Ministrant. Franz weiß, wie das Gefühl der Festlichkeit jenem der Alltäglichkeit überlegen ist. Eine Steigerung des Daseins. Ich weiß, dass ich *bin.* Ich weiß es wortlos.

Franz, zäh aufwachend, hört den Regen jenseits von Fenster und Vorhang. Mit geschlossenen Augen sieht er, wie der Tag draußen als grauer Schleier zerfließt. Was hinter dem Schleier verborgen sein könnte? Tage wie dieser umfangen ihn mit ihrer grauen Wunschlosigkeit. Tage nach dem Leben, denkt Franz, das ich doch erst vor mir habe. Doch eigentlich gut für die Sehnsucht. Einem ersten Satz fühlt Franz sich sehr nahe.

*****

11. April 1962 – Sorge und Euler: zwei Bruchstücke zu einem Torso. Was fehlt noch? Ein Täter. Mensch in Bewegung. Vielleicht auf Reisen.

12. April 1962 – Einen Reisenden erfinden? Seine Reise käme doch schnell vom Weg ab. Ins Surreale. Oder führte von außen nach innen.

18. April 1962 – *Letzte Tage*. Das Textbuch ist fertig, die Rollen sind verteilt, die Proben fangen an. Aufführungen im Mai. Ich habe viel wienerisch zu reden. Eingestimmt durch Schallplatten aus dem Wiener Kabarett, Qualtinger und Bronner im Ohr (*Travnicek*). Und durch Versuche bei Grete H. mit Rollen aus Nestroys *Lumpazi* und Raimunds *Verschwender*. Der melancholische Raimund lag mir mehr als der aggressive Nestroy, und Alte spielte ich besser als Junge.

21. April 1962 – Ich habe nicht länger widerstanden. Bin hinabgestiegen in die Gruft meiner frühen Texte. Das erste abendfüllende Drama. Nicht von letzten Tagen oder Jahren handelt das Stück; mir genügten drei letzte Stunden. Der schreibende Jüngling stellt an den Anfang seines Lebenswerks ein Finale. Den nächsten Krieg. Szenen aus einer Stadt, auf die schon „die Bombe" zufliegt. Unaufhaltsam. Drei Stunden vor dem Tod trifft die Nachricht, der Funkspruch eines Spions, beim Stadtkommandanten ein. Wie reagieren Menschen, die davon erfahren? Ich war fünfzehn, als ich mit der Arbeit an diesem Stück begann. Dass ich mit einem finalen Stoff anfing, hatte nichts zu tun mit literarischem Spieltrieb: Lust am Kontrapunkt. (Frei, um auch zu spielen, war ich aber schon beim nächsten Mal, im *Geisterspiel*.) Zuerst musste ich Gedanken und Gefühle hinschreiben, in denen ich gefangen war wie in einem Netz. Ich schrieb den Ausbruchsversuch eines Eingesperrten. Ich schrie ihn. Meine Figuren reden nicht authentisch (wie bei Karl Kraus), nicht in eigenen Stimmen, sondern erfunden oder

nachahmend; artifiziell. Trotzdem reden sie nichts als mich, meine frühe Angst, meine junge Wut. Gelegentlich reden sie obszön (aufgelesen bei H. H. Kirst, *08/15*), doch überwiegend verzweifelt. Mit nie mehr wiederholbarem Pathos. – Das Stück bekam mehrmals neue Titel; zuletzt: *Es*. Ein Unbestimmtes war damit gemeint, das immer wieder angesprochen wird, in beiläufigen Bemerkungen. Es ist das Drohende; die jederzeit mögliche Vernichtung und die Angst davor. Zugleich jedoch etwas wie eine Sinnerkenntnis, die im katastrophalen Augenblick den Personen aufblitzt. Sie kommt zu spät oder weist ins Sinnlose. (Aber soviel hatte ich mir damals, beim Schreiben, gewiss nicht gedacht.) Zwei fertige Fassungen; auch die letzte Reinschrift noch mit später überarbeiteten Absätzen. Endfassung 1957.

22. April 1962 – *Es*. Wie elend der Text geworden ist. Noch schlimmer, als ich zu Anfang der Großen Bezweiflung (diese Epoche erfinde ich mir gerade), im Frühling 1960, geahnt hatte. Trotzdem, ich falle in Unruhe, wenn ich in dieses „Es war einmal..." zurückkehre. Warum? Unruhe wie bei einer unsicheren Verabredung? Mir kommt es nicht auf ein „Wiedersehen" an. Mich erregt der Text, weil er so schlecht ist. So – schwebend; selbst ohne Wirklichkeit (Text-Wirklichkeit); Schall und Rauch. Zugleich aber beneide ich jenen Menschen, der dies einst schrieb. Er hatte in seinen Papieren, kann man sagen: geblüht? Geglüht! Was macht es schon aus, wenn literarisch bloß Asche geblieben ist. Nur: Ich bekomme Angst, dass ich in fünf Jahren das, was ich jetzt schreibe, genauso als Asche wiederfinden werde. Und noch eine Angst: Könnte es geschehen, dass ich mit der Zeit schreibunfähig werde? Da mir schon jetzt so wenig gelingt, verglichen mit der hinterlassenen Papiermasse. Jener damals schrieb berauscht, aber schlecht. Ich habe gelernt, Pathos einzutauschen gegen Deutlichkeit. (Bilde ich mir ein.) Etwas jedoch hat sich nicht geändert, das Wesentliche: Ich lebe vor allem schriftlich. Ihr Götter, wie magere ich ab; zu Haut und Knochen.

25. April 1962 – Nach dem ersten Schock (eigentlich ein Augenblick der Wahrheit, und ich frage mich, ob er nicht der erste in meinem Leben war; ich glaube: ja) – nach dem Augenblick der Wahrheit also habe ich trotz allem weiter gewühlt und gelesen. Kurzgeschichten. *Das Geisterspiel.* Anfänge für Theaterstücke, die ich längst vergessen hatte. Und wieder ein Drama: *Die Straße der Menschen*; Elendspoesie mit Gesang. Dann war es genug. Ein Autodafé werde ich meinem Vorgänger nicht bereiten. Das wäre barbarisch. Ich werde, wie die Werke christlicher Barmherzigkeit fordern, ihn begraben. Eine enorme Schachtel, fest zu verkleben an allen Ritzen.

Frühe Sprechproben

1. Szenen aus einer Art Endspiel

General (schreiend): Dann lesen Sie noch einmal. Und noch einmal. Solange Sie Zeit dazu haben – bis (braust abermals auf) – bis es sich erfüllt. (Der Adjutant ist erstarrt.) Schlafen Sie? Träumen Sie? Den Traum vom Atom?

Adjutant (vor sich hinstarrend, geistesabwesend): Ja. Nennen Sie es so. Traum! – Atom. Das ist der winzigste Teil eines Stoffes, eines Elementes. Für das Auge unsichtbar. Wie ruft dieses Stäubchen, dieses Nichts, solche Energie hervor? Solche Kräfteballung; solche Gewalt! Ist das nicht unlogisch? Unnatürlich? Wie eine einzige Bakterie, die einen Elefanten verschluckt. Oder ein Fisch, ein kleiner Hering, der ein Meer austrinkt. Kann ein Gott, den die Christenheit anbetet, das geschaffen haben? Kann es die Vernunft eines Rationalisten erklären? Was geschieht hier eigentlich, im Kern? Will der Mensch sich mit einem *seiner* Werke über die Natur lustig machen? Dreht die Natur *ihm* eine lange Nase? Oder aber sind beide bestrebt, ihren Schöpfer anzugreifen? Mit einer Waffe, die er unmöglich geschaffen haben kann, weil er sonst ein Lügner wäre; ein Schwindler, der diese Strafe verdient. Zur Hölle, rechtfertigen wir doch einmal, was da passiert. Das Wie, das Was, das Wozu! ...

Tom: Ich lege noch eine Patience. ... Jeden Tag erkläre ich dir: es ist ein Geduldsspiel. Zeitvertreib. Hat *damit* nichts zu tun.

Ben (wischt die Karten vom Tisch): Weg mit dem Teufelszeug!

Tom: Vergiss das von damals.

Ben (hartnäckig): Ich will nicht vergessen.

Tom: Der Spieß versinkt an einem Abend zu tief in die Flasche, legt dem Verein die Karten, murmelt bei Harry unverständliches Zeug. Beim nächsten Angriff bleibt Harry draußen liegen. Da sitzt für dich das Leben plötzlich in einem Herzkönig. Warum richtest du dich gewaltsam zugrunde?

Ben (schreiend): Niemand richtet sich zugrunde. (Er zwingt sich zu Ruhe, aber seine Angst und den daraus aufflackernden Irrsinn kann er nicht verbergen.) In den Tagen der Angst – sucht sich jeder einen Spiegel. Steht immer wieder vor der Quecksilberwand und starrt hinein. Starrt nach dem Leben; seinem Leben. Wehe, die Platte reflektiert Spuren, die du ihr *nicht* vorzeigst. Wehe, sie offenbart einen Schatten, der hinter einer spanischen Wand kauert. Der hervorspringen kann. Sich auf dich wirft. Gegen diese Spiegelbilder ist ein Wille machtlos; und der Verstand verkriecht sich; nur die Glaswand bleibt. Mit ihr die Angst, ein Härchen auf ihrer Fläche zu entdecken. Halte mich für einen Irren. Nenne alles Geschwätz. Einmal wirst du *es* kennen lernen.

General: Weshalb erfahre ich das jetzt?

Frau: Ich finde den Augenblick nicht ungünstig. Auf dem Weg hierher – griff es zu, ließ auch mich nicht mehr los. Ich erlebte es auf der Straße, den Rausch und den Lebenswillen. ... Es ist da und treibt ein undurchsichtiges Spiel, scheinbar sinnlos. Warum bringt es uns noch das Gären, den Schmerz. ... Ich dachte an unser Kind. ...

2. Leiter abwärts

Was heißt das schon: die unterste Stufe? Die letzte Sprosse ist eine optische Täuschung. Darunter kein Boden, nur Nebel, ein Schleier, Dunkelheit. Keiner sieht den Abgrund, jeder spürt ihn. Ein Prickeln im Blut, ein Zucken in den Nerven, Stiche im Gehirn. Alles deutet hin auf etwas Endloses. Ein Gang durch den Raum, Wandern von Zustand zu Zustand – und darüber verzweifelt festgeklammerte Hände, der gewaltige Druck auf den Körper von oben; von unten der Sog, schwindelerregende Strudel um den Füßen. Zerreiße - oder verschreibe dich den Nebeln, die nun weichen; sich um einige Stufen senken und ein Trugbild malen, ein Steigen vortäuschen, einen zurückgelegten Weg nach oben, den du gar nicht gegangen bist. Um den du abermals stürzen kannst.

3. Das Geisterspiel

Inhaltsangabe, nachgetragen. – Ein Parforce-Ritt (besser: Perfarce-Ritt) durch die Geschichte, vom Neandertaler bis in die Gegenwart. Mündend in die ewige Wiederkehr des Gleichen: Zusammenbruch, Rückfall in die Neandertalerei und Anfang wie gehabt. Gesteuert wird alles durch Viren, die sich im menschlichen Gehirn eingenistet haben und parallel zur Weltgeschichte verwahrlosen, zuletzt einander zerstören, aber dann sofort sich wieder erneuern.

4. Szene, Personen und Präludium aus: Straße der Menschen

Ort: Straße im Elendsviertel einer Großstadt und eine Kneipe in dieser Straße. Zeit: Zwei aufeinander folgende Tage.

Am linken Ende der Bühne ziemlich weit vorne die Andeutung einer Hausecke. Auf der vorderen Hauswand ein

Schild mit dem Namen „Straße der Menschen". Zwei Schritte rechts davon eine Laterne. Von der Laterne herab hängt ein Strick mit einer Schlinge. Am Laternenpfosten ein Schild mit der Aufschrift „Nur für Männer".

Am rechten Bühnenende, als Gegenstück zur Hausecke, steht eine Mauer mit der Aufschrift „Stammplatz des Bettlers Pork". Darunter eine alte Kiste als Sitzgelegenheit.

Zwischen der Hauswand links und der Mauer rechts, nach rückwärts gerückt, das Innere einer Kneipe. Davor, von zwei Pfosten getragen, das Wirtshausschild mit der Aufschrift „Kneipe Zur Menschenwürde". Der Kneipenraum wird abgeschlossen durch eine dunkle Rückwand; in ihr zwei Türen. Eine Türe führt in ein Hinterzimmer, die zweite in den Keller. Von der Rückwand aus spannt sich schräg nach rechts ein grober Vorhang mit der Aufschrift „Asyl. Nur für Bettler". Als Mobiliar der Kneipe genügt ein großer Tisch mit einigen Hockern.

Zunächst aber liegt die Bühne im Dunkel. Eine Trommel setzt mit ihrem Rhythmus ein: tamtam-tam, tamtam-tam. Immerzu; der Schlag durchzieht wie eine Pulsader das Vorspiel. Immer ist er hörbar, zumindest fühlbar.

Drei starke Scheinwerfer durchschneiden das Dunkel. Im ersten Lichtkreis, an der Mauer beim Platz des Bettlers Pork, erscheinen Pork und Wesco. Pork sitzt auf seiner Kiste: Glatzkopf, etwa sechzig Jahre alt, Triebmensch. Neben ihm steht Wesco: Wohl zehn Jahre jünger als sein Nebenmann, sehr groß, sehr schlank. Glatt zurückgekämmtes Haar, schmales Gesicht. Aufrecht, starr in seiner Haltung. Ein Mensch, der sich in Würde kleidet und keine Brutalität scheut, seine Würde den anderen begreiflich zu machen. In der einen Hand eine Peitsche, an der anderen ein Ring mit einem Rubin. Beide, Pork und Wesco, haben einheitliche Kleidung: blauer Anzug von uniformartigem Schnitt, enge Hose, hochgeknöpfte Jacke.

Im zweiten Lichtkegel, neben dem Kneipenschild, steht Jeff: Noch keine fünfzig Jahre alt, sieht schon viel älter aus. Ein vorzeitig abgenutzter Mensch, bescheiden, devot und schreckhaft, leicht einzuschüchtern. Wenn er allerdings von seiner „Idee" sprechen wird, entwickelt er sich zu einem fanatischen Eiferer. Kleidung: alte Hose, Hemd, ausgefranste Strickweste.

Im dritten Lichtkreis, unter der Laterne, sitzen auf ihren Reisekoffern Roty und Lu. Roty: Dreiundzwanzig Jahre alt, gefällig, freundlich. Kleidung: abgelatschte braune Wildlederschuhe, alte braune Cordhose, einfarbiges Buschhemd, Sportsakko. Lu: Wenig jünger als Roty; Straßenkleid; ihren Mantel hat sie neben sich auf den Koffer gelegt.

Alle (Chor):
Wir sind Menschen
Aus der Straße der Menschen
Und wir sind, die wir sind.

Pork: Straße der Menschen – schlechtes Revier! – Aber ich darf nicht anderswo betteln. Ich bin hier eingeteilt. – Wie sagt doch der große Wesco immer?

Wesco: Wie sage ich?

Pork: Jeder sey Majestät – auf seyn' Weys'. (Er singt):
Und ich throne auf dem Nachttopf
Und mir knurrt der Magen.
So packe ich die Zeit beim Schopf
Und sie packt mich am Kragen.
Das Szepter, halb voll Fusel, eine Flasche,
Die andre Hand stets offen – danke.
So wird man reif und nützt sich ab
Und ist dann eines Tages Asche.
Ich schenk nie meinen Nachttopf her,
Nicht mal für Schnaps und Zigaretten.
Ich halt ihn mit den Klauen fest
Wenn andre ihn gern hätten.
Wenn einer kommt und ihn befleckt,
Ich schlag auf den bis er verreckt.

Wesco: Ich – bin der richtigste Mensch. – Ich zeige Würde. Der Mensch muss zeigen – dass er Mensch ist. Wie sage ich doch immer?

Pork: Jeder sey Majestät – auf seyn' Weys'.

Wesco (singt):

Was bleibt dem Menschen, der nichts hat?
Und ist der Magen leer und trocken,
Das Blut schon zäh wie Teer,
Ein Bein ist abgebrochen
Und die Figur
Ist nur noch Haut und Knochen,
Da bleibt ihm noch die Würde.
Er ist ein Mensch. ... ...

Jeff: Ich – bin der Kleinste – in der Straße der Menschen. – Ich bin Anfänger hier. – Ich will ein guter Mensch werden. Schnell! Bald! (Er singt):

Wer einmal im Gefängnis saß
Für fünfundzwanzig Jahre. ... ...

Roty: Wir kamen heute in die Straße der Menschen. Wir suchen noch.

Lu: Vergiss die Welt und die Vergangenheit.

Roty: Die andere Stadt war schmutzig und wir wurden schmutzig. Angesteckt. Ich wurde Taschendieb.

Lu: Und ich Atomspionin.

Roty: Wir sind geflohen aus der schmutzigen Stadt.

Beide: Um Menschen zu werden.

Lu: Weil wir uns lieben. Weil wir nur als Menschen lieben können.

Roty: Nicht als Taschendieb.

Lu: Nicht als Atomspionin.

Pork (singt):

Oh schenkt nie euere Liebe her,
Höchstens für Schnaps und Zigaretten.
Sonst haltet sie mit Zähnen fest,
Wenn andre sie gern hätten.

Wenn einer nicht zahlt und dich befleckt,
Schlag auf ihn ein, bis er verreckt.

Alle (Chor):
Wir sind Menschen
Aus der Straße der Menschen
Und wir sind, die wir sind.

(Dunkel.)

Inhaltsangabe, nachgetragen. – Wescos Ring wird zur Quelle allen Unglücks. Roty und Lu haben kein Geld mehr; da überredet Pork den erfahrenen Taschendieb, den verhassten Ring zu stehlen. Der Verdacht fällt, wie zu erwarten, auf den vorbestraften Raubmörder Jeff. Dieser bittet Roty, zu dem er großes Vertrauen hat, die Verteidigung vor dem Bettlertribunal zu übernehmen. Roty will wegen seiner Liebe zu Lu die (deswegen begangene) Tat nicht eingestehen. Das Tribunal verurteilt, mit Rotys Stimme, den Unschuldigen zum Selbstmord an der Laterne. Pork gibt dem Dieb die Hehleradresse. Er ist es auch, der dafür sorgt, dass Lu die Wahrheit erfährt. Als Roty vom Hehler zurückkommt, ist Jeff schon tot. Der vermeintliche Rubin ist ein wertloser Glassplitter. Lu verlässt Roty; um nicht zu verhungern, wird sie auf den Strich gehen. Der wieder opernhafte Epilog handelt von zerstörter Liebe und davon, wie ein Mensch um die Laterne herumkommt.

5. Ein Mann schaut auf die Uhr

Ein Blick auf die Armbanduhr. Die Armbewegung für nichts. Es kommt nicht darauf an, den Zeitpunkt zu wissen. Aber doch eine kleine Aufführung vor Publikum: Hier läuft einer, der wissen muss, wann. Und mehr noch ein Spiel für ihn selbst. Wer auf die Uhr schaut, hat ein Ziel. Welches? Vielleicht: 10 Uhr abends, also 22 Uhr? Ankommen.

Jetzt. Der Geruch nach Verwesendem, süß, schwer, wie die Orchideen am Fluss. Aber Er lebt noch. In den Hütten ist die Verwesung zu Hause, unter einem Dach mit der Unsterblichkeit. Zwischen wurmstichigen Decken erkämpft eine wurmstichige Mumie in mühevollem Takt das Leben. Eine vertrocknete Hand legt sich auf die Stirn des Sterbenden. Die Hand ist gütig, der Sterbende spürt das, wird unruhig. Die Hand weicht zurück. Verwesung überall. Das Gesicht über der Hand sieht aus, als werde es loskeifen, in einer schrillen, fremden Sprache. Aber es richtet den starren Blick auf die Erde. Ein erschreckend uraltes Gesicht hat die Erde. Abfälle verstreut, dazwischen Würmer und die Pest. Beim Blick hinunter in diesen Spiegel grinst das Gesicht über der Hand.

ich verstehe nichts davon. ist dieser sessel billig oder teuer? die neonröhre zuckt, man kann es auf der haut spüren. die röhre muss ersetzt werden. wozu ein lila sessel passt? ich weiß es nicht. im schaufenster daneben fotoapparate. das gefiele mir: fotografieren. ausgefallene motive. eine sammlung anlegen. wie beneidenswert sind briefmarkensammler. sie sammeln. briefmarken. ich möchte briefmarken sammeln können.

Ein Zimmer wie durchsichtig. Der Geruch der Arzneien klebt an der Decke, in den Vorhängen, gallig und süß. Der Kaplan faltet die Stola zusammen. Sein Gesicht ist starr, spiegelt nichts. Man muss die Angehörigen trösten. Es wird nicht viel Mühe machen, sie sind gut katholisch. Die Kerzen flackern, über das tote Gesicht huschen Schatten, tanzen auf der wachszarten Haut und sind musikalisch und atmen und lachen. Wie leicht es ist, tot zu sein. Gesalbt, zwischen geweihten Kerzen. Draußen ist Frühling.

Gesichter. Er geht und bleibt stehen und geht weiter. Was ist ein Gesicht. Etwas Menschliches. Der Wind hat keine Augen. Aber die Köpfe, die im Wind treiben und nicken und baumeln, käsige Bälle mit rotem Loch? Vielleicht quietschen und hupen sie. Sie, nicht die Straßenbahn oder die Autos. Sie könnten etwas Verschönerndes tragen. Einen Heiligenschein; Nylonnetz aus Stille und Trauer, fein verästelt über die Stirn gelegt.

ich bin müde. der espresso ist bitter. die musikbox hämmert. gerade so ist das nichts. eine leere, die bitter schmeckt, von synkopen durchsetzt. in der straßenbahn waren menschen und die stanken. hier ist es kühl. keiner ist mehr da. das nichts ist gut.

Der Uniformierte drückt seine Zigarette an der Mauer, neben der Türe aus. Natürlich, drinnen im Leichenhaus ist das Rauchen verboten. Außen beim Rundgang ist eine Zigarette gut. Trübes Licht zuckt auf. Die Särge in einer Reihe. Man muss sie nicht nachzählen. Aber Vorschrift ist, sie nachts zu bewachen. Friedhöfe sind ein beliebtes Ziel für ulkige Einfälle von Betrunkenen. Wenn einmal ein Sarg gestohlen würde – man muss die Gesellschaft vor den Toten schützen. Ja, er würde jeden Toten niederschießen, der es wagen sollte, wieder aufzustehen. Heute steht ein kleiner Sarg dabei. Warum Kinder sterben müssen? Arme Eltern. Oder einer der Alten hat das unschuldige Würmchen umgebracht. Davon liest man oft in der Zeitung. Der Uniformierte geht in den kleinen Nebenraum, wo er Kaffee kochen kann.

Vor dem Fahrstuhl wartend. Ein Blick auf die Uhr. Zehn Uhr abends, das bedeutet ihm nichts. Er fährt hinauf zum sechsten Stock. An einer Wohnungstüre bleibt er stehen. Horcht durch Türe und Wand. Ins Leere. Er spürt die leere Wohnung, sie zuckt ihm in den Nerven. Der Schlüssel in seiner Hand zögert.

*****

1. Mai 1962 – Was ich will? Wissen! Der Vorsatz zu jedem Semesteranfang. Er wird sich verwässern. Euler wird über mich kommen. Und vielleicht auch der Ungeschriebene, der jetzt loslaufen möchte, einmal um den Globus. – Das einzig Handfeste: die Proben für die *Letzten Tage*.

3. Mai 1962 – Ich weiß, was ein Mensch vollbringen musste, damit er als Betrüger oder Dieb oder Räuber strafwürdig ist. Wie gescheit! Wer die Welt so genau kennt, hat das Zeug zum Staatsanwalt. Ich weiß, dass ein Mensch sich besorgen kann oder dass er werden sollte, was er ist. Wie philosophisch. Schon stoße ich mit dem Kopf gegen dergleichen Wegweiser, die überall in der Landschaft stehen. Sollte ich alles aufschreiben, in Klausur, was mein Gehirn enthält, wäre ich für drei Tage oder zehn Jahre beschäftigt; ich ahne nicht, wie lange. Am Ende wäre ich vermutlich erschöpft, aber glücklich oder unglücklich. Ich will wissen! Aber ist dies das Leben? Euler hat dazu eine Antwort: Halb glücklich bin ich, wenn ich lesend, also lernend im Caféhaus sitze. (Und natürlich hält er im Café zugleich Ausschau, in wen er sich verlieben könnte.)

8. Mai 1962 – Eine Woche noch bis zur Premiere. *Die letzten Tage der Menschheit* in 51 Szenen, für 13 Stimmen (neun männlich), in knapp zwei Stunden. Ich arbeite an meiner Vielstimmigkeit. Jede Person soll nach sich selbst klingen, nicht nach mir. Ein Prinzip, das mir nicht eingefallen war, als ich meine Theaterstücke schrieb. Für den Schauspieler ist es selbstverständlich, jedoch im Normalfall beschränkt auf die eine Rolle. Der Autor dagegen schuldet die Vielfalt, die Unterschiede. Bei Karl Kraus kommen sie vor, weil er sein Personal zitiert; die Leute aus der Situation abschreibt. Das Ergebnis ist trotzdem kein Protokoll, das bald langweilig würde. Denn Kraus sammelt die Zuspitzungen und Widersprüche der Situation. Die Längen darin verschweigt er, und seine eigenen Längen im Text hat ihm der Regisseur gestrichen.

9. Mai 1962 – Ich habe lange Zeit nur vital geschrieben und keine Spur professionell. Wozu man auch sagen dürfte: Es war dilettantisch. Den Unterschied zwischen beiden Schreibweisen erfahre ich seit ein, zwei Jahren mit wachsender Deutlichkeit. Nämlich, wenn für mich maßgeblich wird, wie ich etwas aussage. Nicht, was da auf dem Papier zu stehen habe. Ich habe bemerkt, dass ein Was (die Sache) sich dem Wie (den literarischen Mitteln) fügt. Aber das heißt nicht, dass ich die Sache willkürlich verbiegen würde. Jedoch: Die miserabel dargestellte Sache ist nicht unbedingt „wahrer" als die kunstvolle, um nicht zu sagen die künstliche Darstellung.

20. Mai 1962 – Drei Aufführungen der *Letzten Tage*. Am 15. und 17. Mai in Nürnberg, am 18. Mai in Erlangen. Mein erster Geburtstag auf der Bühne. Dazu ein Geburtstagsgeschenk vom Rezensenten der *Nürnberger Nachrichten*. Er schreibt von dem Sprecher G., dass dieser „noch dem i-Tüpfelchen verschiedene Schwingungen mitzugeben verstand". – Also habe ich doch Sprechen gelernt; keine Panik mehr vor dem Tonbandgerät.

10. Juni 1962 – Die Studiobühne inszeniert *Piriluoh oder Die fliegende Kuh*. Untertitel: Eine blutige Idylle in drei Akten und 25 Bildern. Von Jean Clervers. Die Fliegende Kuh ist ein Piratenschiff; Kavaliere und Piraten jagen einander durch die Karibik. Eine winzige Rolle ist für mich abgefallen: „Caracas, ein Ultramilitär". Ein paar Mal über die Bühne rennen oder stechen oder hüpfen, der Regisseur überlegt es noch, und ein paar Kommandos brüllen. – Olympisch. Dabei sein ist alles. Das Stück ist der Erlanger Beitrag zur Internationalen Theaterwoche.

17. Juni 1962 – Das musst du lesen, sagt Holger K. und drückt mir ein Buch in die Hand. Arno Schmidt, *bel phe gor*. Ein Titelblatt voll Unbekannter.

18. Juni 1962 – Holger K. Referendar. Erleidet die Juristerei

schmerzlos, als unabwendbares Übel. Um die 1 Meter 90 groß, bleiches Gesicht, schwarzes langes zurückgekämmtes Haar, Vorliebe für schwarze Anzüge. Wenn er spricht, wird das Gesicht zu einem einzigen Grinsen und ich denke an einen mit Essig getränkten Schwamm, der sich selbst ausdrückt. Besessener Leser, besessener Organisator. Er grübelt über „eine Art Fortsetzung" zur Kraus-Lesung.

31. Juli 1962 – Premiere der *Fliegenden Kuh* war am 23. Juli im Markgrafentheater. Das Publikum freundlich, die am Ort prominenten Hauptdarsteller ratlos; sie hatten mehr Begeisterung erwartet. Seit Donnerstag (26. Juli) spielen und feiern die Theaterwöchner. Gestern Abend die nicht abwendbare Kuh-Vorstellung. Die Theaterwochen-Zeitung *spotlight* zeigt in ihrer täglichen Karikatur zur „Festivalstimmung" heute vier Sonnenblumen, drei mit PI und RI und LUO auf den geknickten Köpfen, und eine aufrecht ragende Pflanze mit Aufschrift BUH. Immerhin, die Akteure haben bis zum Schluss durchgehalten und sich danach brav vor dem Hexenkessel verbeugt.

12. August 1962 – „Einsamer nie als im August." Die erste Zeile eines Benn-Gedichtes; ich verlaufe mich doch immer wieder zur Lyrik. Lasse mich einfangen von einer einzigen Zeile. Passend zu meinem August-Gefühl: Als ob ich am Rande leben würde. Am Rande der Wissenschaft. Am Rande einiger Künste. Am Rande des Lebens. In zugespitzten Augenblicken: An der Grenze. Die, denke ich, aber es bleibt ein abstrakter Gedanke: die mit einem Schritt zu überschreiten wäre. – Dabei ist es so einfach, in eine Mitte zu finden. Ich brauche nur anzufangen mit dem Schreiben. Sehr schnell lichten sich die elenden Gefühle, wie Frühnebel unter der Sonne. Und von Gedanken, sie mögen nicht weniger elend sein, werde ich entlastet. Das Papier saugt sie auf. Vielmehr: Die Sprache saugt sie auf.

13. August 1962 – Die Sprache als Befreierin von der nackten,

banalen Last des Wirklichen, das sich dumpf ins Gefühl einnistet oder den Kopf ins Elend stürzt. Weil sie mehr und anderes über die Dinge weiß. Mehr und anderes, als ein Ding in diesem Augenblick vorspiegelt.

14. August 1962 – Menschen suchen einander. Sie laufen aneinander vorbei. Ist das Stoff genug für ein Stück Literatur, das mich durch den Rest von August brächte?

Konzept. Eine Straße, gleichgültig unter den Schritten, ohne Seitenblick für die Leuchtreklamen, an Autos gewöhnt. Die Jahreszeit: neutral, etwa Märzanfang. Tageszeit neutral: halbwegs zwischen Büroschluss und Einsamkeit. Kulisse: Straßenlärm. Stimmen, welche die Wirklichkeit herstellen und das Ereignis kommentieren. Das Ereignis: Ein junger Mann und eine junge Frau werden einander begegnen. Zunächst durch sich kreuzende Gedanken. Zuletzt, vielleicht, leibhaftig. Mit sinnvollen (sehnsüchtigen) Monologen und sinnlosen Gesprächen. Das Glück der Sehnsucht und das Unglück der gescheiterten Erfüllung. – Der zweite Teil: In der Unterwelt. Dort werden die Protagonisten zur Wahrheit verurteilt sein.

2. September 1962 – Was für eine Schreiberei: sie sollte den Autor über die Dunkelheit des August hinwegtragen. So etwas ist zum literarischen Misslingen verurteilt. Obwohl ich mich an das Erste Gebot hielt (zu halten versuchte): Das Wie, die Form, entscheidet. Auch unbarmherzig bin ich gewesen: Text, der an einem Tag als gültig erschien und stehen blieb, war beim Wiederlesen am nächsten Tag reif für den Papierkorb. Des Aufhebens wert ist allenfalls der Entwurf zur Unterwelt.

Rendezvous. Ein Oratorium

Zweiter Teil. In der Unterwelt

Zum Anfang elektronische Musik.

Stimme der Unterwelt:
: die toten begegnen einander wieder

Stimmen der Oberwelt:
: hat er sie umgebracht? / es war ein verkehrsunfall / stand in der zeitung / man muss nicht glauben was in der zeitung steht

Stimmen der Unterwelt:
: hier sieht einer wahrhaftig das gesicht des anderen / mit klarem blick / ohne begierde oder abneigung

Stimmen der Oberwelt:
: ein doppelselbstmord aus liebe / aus versehen / der mann wollte bestimmt überleben / diese kerle sind nichts als feige

Mann: Mein verlorenes Leben. Ich war ein Maler, der eine Farbe suchte. Ich habe die Farbe nicht gefunden.

Stimme der Unterwelt:
: hier waltet unausweichlich wahrheit

Stimmen der Oberwelt:
: ich glaube an die erlösung / die mit barmherziger hand / die gehirne aus den schädeln reißt

Stimmen der Unterwelt:
: hier ist das buch der versäumnisse geschrieben / daraus soll verlesen werden mit alles durchdringender stimme auf ewig

Mann: Hier sind wir gezwungen, einander zu begegnen.

Frau: Wir werden uns aussprechen.

Mann: Worüber noch?

Stimmen der Unterwelt:
: hier ist die sprache gefunden die alles sagt / die vollkommene sprache

Mann: Aber es wird keine Geheimnisse geben.
Frau: Keinen Schatten, hinter dem ein Täter sich verbergen könnte.
Mann: Wir sind unserer Menschlichkeit beraubt.
Frau: Wir werden einander ohne ein Gefühl begegnen.
Stimmen der Unterwelt:
die welt ohne liebe / die welt ohne hass
Stimme der Oberwelt:
die welt ohne hass
Mann: Ich habe dich nicht getötet.
Frau: Ich bin tot.
Mann: Ein Unfall. Ich bin gerast. Aber du warst zu zerbrechlich.
Stimme der Oberwelt:
sie müssen einander alles gestehen
Mann: Ich weiß, was du mir sagen musst.
Frau: Ich weiß das gleiche von dir.
Mann: Es ist langweilig, tot zu sein.
Frau: Ich würde diese Hölle hassen, wenn in mir ein Gefühl wäre.
(Längeres Schweigen.)
Mann: Was tun wir jetzt? (Beide schweigen.) Kannst du konjugieren?
Frau: Welche Frage. Ich bin tot, ich kann alles.
Mann: Auch auf lateinisch?
Frau: Natürlich.
Mann: Es vertreibt die Zeit.
Frau: Fang du an. Errare.
Stimmen aus dem Publikum:
ob man die beiden begnadigt? / sie sind doch schon sehr auf dem weg zur aussprache
Mann: Errabam, errabas, errabat.
Frau: Errabamus, errabatis, errabant ...
Stimmen aus dem Publikum:
aber zuerst wird man ihnen den prozess machen / es

wäre eine besondere auszeichnung / ich glaube nicht daran / man müsste ihnen hierfür die gefühle wiedergeben

Mann: Erraveramur.

Frau: Erraveramini.

Mann: Erraveruntur. – Und jetzt etwas deklinieren?

Frau: Nein.

Er: Spielen wir Gericht?

Sie: Meinetwegen.

Stimmen der Unterwelt:

hier ist das buch der versäumnisse geschrieben / daraus soll verlesen werden mit alles durchdringender stimme auf ewig

Stimmen aus dem Publikum:

man billigt ihnen einen prozess zu / wer wird ihn abhalten / sie selbst natürlich ... ...

*****

3. September 1962 – Das schwarze Licht des August. Eine Verszeile; und eine Wahrheit? Ja. – Entstanden ist ein Textbuch von sechzehn Seiten. Dabei hätte ein Vierzeiler genügt, um dasselbe besser zu sagen (aber das weiß ich erst jetzt).

Ich kenne
dein Warten in mir
kenne es
vergebens.

5. September 1962 – Endlich habe ich angefangen, das Buch von Arno Schmidt (17. Juni) zu lesen. Der Inhalt (Untertitel): *Nachrichten von Büchern und Menschen.* Die erste Nachricht betrifft

den Romanhelden Belphegor und seinen Autor Johann Karl Wezel. Belphegor ist der einfältige junge Mensch, der in allem scheitert. Er glaubt an das Gute in der Welt, die „Guten" schlagen ihn zum immer kläglicheren Krüppel.

7. September 1962 – Herr Belphegor liegt mir fern wie ein Gegenpol. Ich habe (zur Zeit) keine Erwartung an die Welt. Ich stelle ihr auch keinerlei Zeugnis aus: Sie sei gut oder im Gegenteil miserabel. Ich treibe durch Tage und Nächte wie ein beinahe leerer Balg und bin neugierig, womit ich mich auffüllen werde.

8. September 1962 – Arno Schmidt stellt vor: *Müller oder vom Gehirntier*. Wie zu Wezels Roman, findet auch hier ein Gespräch statt. Zwischen einem „Kenner und Anwalt der Gehirntiere" und einem „Normalmenschen", begleitet von einem Sprecher, der Zitate vorliest. Was ein Gehirntier sei? Ein Mensch, der in die „Buchnisse ältlich-gelehrter Vorfahren" (die vererbte Bibliothek) hineingeboren wurde und darin aufwuchs; seine eigentliche Heimat, die er niemals aufgeben wird. Er widersteht den Verlockungen der Außenwelt und lässt sich allenfalls vorübergehend in ihre Praktiken verwickeln. Er haust unter Büchern, die er „exzerpiert": er schreibt viel aus ihnen ab, erläutert und denkt weiter, was er gelesen hat. Zur maßlosen Schreibhand hinzu kommt ein maßloses Gedächtnis, das alles Gelesene festhalten will. Auf diese Weise häuft das Gehirntier den Stoff an, aus dem es dann seine eigenen Werke herstellt.

11. September 1962 – Lesen, Beutesätze herausschreiben, an ihnen herumdenken, alles in einem neuen Buch zusammenwerfen: so funktioniert Wissenschaft? Als ihr Lehrling bin ich noch weit davon entfernt. Ich lerne, was Recht sei, um „Fälle" zu lösen. Ich werde überrascht von immer neuen Einfällen, die ich bei den Philosophen auflese. Ob ich jemals „Wissenschaftler" werde, weiß ich nicht. Denn schreiben will ich Literatur. Ein

Drama, ein Roman, ein Gedicht ist nicht damit getan, dass es „wissenschaftliche Erkenntnisse" auftischt. Es spiegelt und erzeugt Leben.

12. September 1962 – Das Gehirntier hat keine Zeit zum Schlafen, für Essen und Trinken, Geselligkeit, Freundschaft, Liebe: „Keine Zeit mehr zum Leben", summiert sein Lobredner, mit „Wucht" in der Stimme. Und es braucht jemanden, der es durchfüttert. Das Exemplar Johannes Müller, von Schmidt seziert, kommt als Schnorrer bei reichen Freunden und eine Zeit lang in erbuckelten Ämtern über die Runden. Immerhin hat Müller, als Staatsrechtler und Historiker, etwas zu bieten, womit er seiner jeweiligen Herrschaft nützlich sein kann. Es ist die Zeit Napoleons, gefragt ist ein dehnbarer Charakter. Zu „von Müller" geworden, grämt der Gehirnler sich bis ans Ende um jede Stunde, die er opfern muss, statt dass man ihn in Ruhe „exzerpieren" lässt.

13. September 1962 – Ich muss mir eingestehen, dass ich den Lockungen der „Buchnisse" erliegen könnte. Vor der Welt fliehend. Aber das ist nicht mein Ziel. Nur ein Unglück brächte mich dahin. Wenn ich nicht in die Wirklichkeit fände, die ich mir – vorstelle? Klare, scharfe Bilder von mir habe ich nicht im Kopf und nicht auf dem Papier. Ich lese philosophische Bücher, weil sie mir helfen könnten, eine Existenz (mein Leben) einzurichten. Eine Wirklichkeit zu erreichen, von der ich wer weiß wie weit entfernt bin. Ich kenne daraus Andeutungen, Bruchstücke. Mit schillernden Inhalten.

19. September 1962 – Verwunderung zuerst; die sich in ein zähes Erschrecken verfärbt. (Nicht jähes, sondern zähes Erschrecken: eines, das Zeit zum Aufblühen braucht.) Bin ich tatsächlich in ein Dickicht geraten, das aus nichts anderem mehr besteht, als aus Wörtern und Sätzen? Keine Musik? Keine Malerei? Den Anschluss an zwei Dimensionen der Welt mehr

und mehr verloren. – Ich könnte Franz Euler losschicken, dass er für mich auf Klang- und Bilderfang geht.

20. September 1962 – Euler auf der Jagd nach dem ersten Satz. Er suchte den Anfang. (Franz: So ist es. Im Anfang steht der Anfang. Basta.) Wahrscheinlich sucht Franz noch immer. Er tut es vergebens. Er denkt sich an einen Nullpunkt, eine Leere, die ihn nicht mehr loslassen wird. *Den* Anfang gibt es nicht. Höre, Franz: Anfang liegt in allem und jedem, was du erleben kannst. So wie Fortsetzung darin liegt. Und Ende, Verneinung. Du verlangst einen Beweis; wenigstens ein Beispiel? Nenne mir einen beliebigen Satz. Franz denkt kurz nach, dann: Heute Nachmittag werde ich ins Museum gehen. Danke Franz, das ist freundlich von dir; nein, ich komme nicht mit. Aber dein Satz hat Anfang: Du wirst etwas sehen, was du noch nie gesehen hast, egal wie oft du durch denselben Raum im Museum gegangen bist. Dein Satz enthält eine Fortsetzung: du nimmst einen Faden wieder auf, eine deiner Beschäftigungen mit etwas. Und der Satz ist gnadenlos, denn er schließt dich vom Rest der Welt aus. Was musst du nicht alles versäumen, während du im Museum bist. Wenn es dich tröstet, dann wiege den Verlust auf durch einen nächsten ersten Satz. Schreibe: Was mir nicht gelingt, wo ich nicht ankommen werde, das ist in jedem Tag mitbeschlossen. Jeder Tag fängt so an.

22. September 1962 – Willst du das auf die Bühne bringen?, frage ich Holger K., als ich ihm *Bel phe gor* zurückgebe. Nein, antwortet er, aber wir werden ein Kabarett gründen.

24. September 1962 – Meine alten Schallplatten, vor Jahren gekauft. Opernarien natürlich; nichts mehr für mich. Richard Strauß, symphonische Dichtungen? Lärm und Schwulst. Strawinsky, *Feuervogel* und *Frühlingsopfer*, die Favoriten des Neunzehnjährigen. Habe ich zu oft gehört. Genauso Ravel und Sibelius. Was mich aufgeregt und begeistert hatte, wirkt jetzt auf

mich, als würde ich in ein verfallendes Haus zurückkehren. Alles liegt unter fettem Staub, darüber gestreut der Schutt herunterbröckelnder Decken; die Vorhänge zerfetzt, sie schweben wie Gespenster durch den Raum. Was wünsche ich mir? Keine warmen Klangfarben. Klare, scharfe Klänge. Abstraktes. Wortloses. Eine Gegensprache zu jener der Begriffe und Metaphern. Zum Glück weiß ich, wo ich suchen muss.

26. September 1962 – Gefunden: Arnold Schönberg. Das gesamte Klavierwerk. Gespielt von Else C. Kraus im Juli 1960; sie hatte Schönbergs Klaviermusik schon vor 1933 in Konzerten aufgeführt.

2. Oktober 1962 – An jedem Tag höre ich einige dieser kleinen Klavierstücke. Sie provozieren tatsächlich weder Bilder, noch Stimmungen. Sie sind der reine Eigensinn. Der von mir nicht verlangt, dass ich ihn verstehen müsste. Sie zucken im Dämmerlicht meines Zimmers auf wie kurze, grelle Blitze. Klänge aus Metall. Dicht aneinander gedrängt. Sich überschlagend in plötzlichen Bewegungen; doch öfter bleiben ihre Gesten winzig, bloß angedeutet. Dass Schreiben, Dichten auf die gleiche Weise möglich wäre, kann ich mir nicht vorstellen. Sicher, mit sinnlosen Lauten. Aber dann setzt die Stimme nur Klänge. Sobald ich auch nur ein Wort gebrauche, liegt schon Bedeutung in der Luft, unausweichlich.

21. Oktober 1962 – In der Wohnung des Malers Hubert Balze sind gestern „die Gründer" zusammengekommen. Hubert hat jahrelang für das Augsburger Kabarett „Scheibenwischer" Texte geschrieben. Plötzlich steht ein Name fest (von wem kam der Vorschlag?): *Kabarett von unten.*

1. November 1962 – Das wird die wöchentliche Sternstunde für mich im Wintersemester sein. Schoeps, *Große Homines Religiosi I: Kierkegaard, Nietzsche, Rilke.*

1963

1. Januar 1963 – Ich sollte mich strenger planen. Nicht so heuristisch (neue Vokabel in meinem Wortschatz): mit Selbstversuchen aus Neugierde, statt auf ein Ziel zu insistieren. Nicht in allerlei Nachtgängen unterwegs sein, mit Ankunft nirgends außer in der Erschöpfung.

10. Februar 1963 – Über das „Belehren, wie die Welt sein soll". Dazu, sagt Hegel, komme die Philosophie immer zu spät. Denn: „„... die Eule der Minerva beginnt erst mit der einbrechenden Dämmerung ihren Flug", und da ist das Tagwerk getan. (Vorrede zur Rechtsphilosophie, am Ende.) – Bei Euler hatte ich nicht gedacht, den Namen (so) wörtlich zu nehmen. Sonst wäre er einer, der den Erscheinungen hinterher fliegt. Seine Beute: positivistisch. – Avantgarde gibt es also doch nur bei den Künstlern?

17. Februar 1963 – Wahrheit sei „Wahrheit je für mich" (Kierkegaard). Mir scheint, dass ich hierzu passend denke und arbeite. Ich frage mich, ob diese Maxime auf Dauer auszuhalten ist. Aber ich bin in „meine Wahrheit" ja nicht eingesperrt. Schaut nicht jeder Mensch sich nach Gleichgesinnten um? Kierkegaard, mit extremem Anspruch, findet den wahren Gleichgesinnten in Gott. Nietzsche spricht und sucht ins Leere; dorthin, wo eines Tages der Übermensch Fleisch ansetzen soll. Rilke hält sich an die Poesie und ans Weibliche.

25. Februar 1963 – Drei Ratgeber, um mich buhlend.

Kierkegaard: Das Dasein in der Zeit macht dich unglücklich. Du verfängst dich in Flüchtigkeiten, dein Verlangen nach dem

Unendlichen, dem Absoluten bleibt unbefriedigt. Du solltest dich befreien von zuviel des Endlichen (als da ist: Genuss, Erotik, Kunst, überflüssige Taten). An seiner Stelle mehr Unendliches in dein Leben aufnehmen. Gott.

Nietzsche: Das Dasein in der vergänglichen Welt macht dich unglücklich? Weil du noch immer diesen Propheten des Unendlichen auf den Leim gehst. Statt dich schadlos zu halten an der einzigen Wirklichkeit um dich herum.

Rilke: Das Dasein in der Zeit ist alles, was du haben kannst. Aber das Endliche birgt das Unendliche in sich. Du solltest die Spuren des Unendlichen suchen. Anteil an ihm nehmen. Gedichte schreiben.

Im Unendlichen

Personen: Sören Kierkegaard (K) / Friedrich Nietzsche (N) / Rainer Maria Rilke (R) / Ein Vorübergehender

Grell ausgeleuchteter Raum, der Hintergrund verliert sich im Unbestimmbaren, keine Schatten. Drei Liegestühle, darin K, N, R, schmächtige Männer. Der eine (K) mit spitzem Gesicht und Kirschmund, von Leidenschaftlichkeit und Depression gezeichnet. Die beiden anderen auf den ersten Blick zu erkennen, mit den von ihren Altersfotos her berühmten Gesichtern. Bekleidet sind alle drei mit blauer Anstaltskluft: Hose, helleres Hemd, kragenlose Jacke, Stoffschuhe. Auf die linke Jackenseite ist eine Markierung weiß aufgemalt: *Phil.*

R: Heute kommt wieder kein Mensch vorbei.
K: Was meinen Sie mit „heute"?
N: Und was bitte ist ein „Mensch"?
K: Sie reden ungenau wie immer. Der unheilbare Lyriker.
N: Ich bitte um Rücksicht, Herr Kollege. Meine Gedichte sind messerscharf.

K: Dafür waren Sie Philosoph, mein Lieber.

N: War ich? Warum sollte ich es nicht mehr sein?

K: Weil Sie Ihren endgültigen Zustand erreicht haben. Sie sind aufgehoben. Was brächte Ihnen da noch die Philosophie.

R: Und warum, Sie kluger Däne, tragen wir Philosophenkluft? Alle drei, falls Sie das vergessen haben.

K: Zur Strafe, Herr Ästhet. Weil wir es nicht weiter gebracht haben. Nie darüber hinausgewachsen sind.

N: Leider richtig. Keiner von uns war Übermensch.

(Schweigen.)

N: Gott ist tot.

R: Oh Gott, die alte Leier.

K: Woher wissen Sie das?

N: Er ist noch nie hier vorbeigekommen.

K: Warum sollte Er? Er drängt sich den Menschen nicht auf. Wir müssten Ihn herbeiglauben.

N (zu K): Sie hatten nie das Glück, meine Bücher zu lesen. So früh, wie sie gestorben sind. Aber meine Einwände gegen Gott habe ich Ihnen oft genug vorgetragen.

K: Oft genug, in der Tat. Es sind Einwände. Keine Beweise.

R: Den Göttern begegnen vermag nur ein Dichter.

N: Mit missratener Grammatik.

R: Aber Lou hat meine Gedichte erwählt, nicht die Ihren.

(Schweigen)

K: Ihr Zarathustra...

N: Ja?

K: ...war kein Gott. (Schnell, abwehrend:) Bevor Sie protestieren, stelle ich richtig: er ist kein Gott. Er ist Prophet. Wessen Prophet?

N: Prophet des Übermenschen. Ist das so schwer zu erkennen?

K: Ihr Übermensch ist Gottes Nachfolger, ich weiß. Also hat er Gottes Platz eingenommen. Also bildet er sich ein, er sei auch Gott – mindestens Gott.

N: Er braucht nichts Göttliches an sich.
K: Er hat den Willen zur Macht.
N: Zur Macht über sich selbst. Nur über sich selbst.
R: Macht über sich selbst. Ich kannte Frauen, die waren so hoch gestiegen. Allein Frauen.

(Schweigen.)

K: Ein Wesen, das alle Macht allein über sich wollte, wäre der Gute Gott. Im Gegensatz zu Jahwe, der seine Macht über Menschen ausübt. Seit Adam und Eva.

(Schweigen.)

N (zu R): Wer, glauben Sie, könnte des Wegs kommen. *Wenn* jemand käme.
R: Vielleicht – Orpheus.
N: Sie wollen ihm Ihre Gedichte aufsagen. Schrecklich.
R: Oder Dante.
K: Wir sind hier nicht in einer der katholischen Schreckenslandschaften.
N: Es sollte jemand sein, der sich in Philosophie auskennt. Er würde uns über die philosophische Lage der Welt berichten. Hat Zarathustra gesiegt?
K: Was hätten Sie davon, wenn Sie es wüssten? Nichts!
N: Ich hätte nicht vergebens gelebt.
K: Das ist das Grundübel: Die Menschen legen allen Wert auf das kurze und flüchtige Leben. Die Ewigkeit vertagen sie. Auf das Risiko hin, nichts von ihr jemals zu erlangen.
N: Warum sollten sie sich anstrengen. Eines ist ihnen gewiss: die ewige Wiederkehr des Gleichen.
R: Alle Ewigkeit ist schrecklich.

(Schweigen.)

Im Hintergrund ist ein Mann erschienen. Er trägt einen weißen Anzug; darauf als Abzeichen die griechischen Buchstaben Alpha und Omega. Lang herabhängendes schwarzes Haar; die Gesichtszüge scharf geschnitten, von einem schmalen schwarzen Bart eingefasst.

Der Vorübergehende (grüßend): Dominus vobiscum.
R: Et cum spirito tuo.
Der Vorübergehende (nickt und geht ab).
N: Ecce homo.
K: Wieder so ein Unglücklicher. Der vergaß, seinen Erlöser zu finden – rechtzeitig.

*****

13. März 1963 – Kabarett. Das Programm ist geschrieben; Autoren: Hubert Balze; L.G., der das Pseudonym Peter Herzog bevorzugt; ich. Die Proben beginnen. Premiere soll Mitte Mai sein.

5. April 1963 – Mein erstes Auto, gekauft zum Spottpreis. Ein blauer Lloyd 400, Baujahr 1954. Der Händler hat keine Sorge, dass dieses „robuste" (sagt er) Fahrzeug bei längerer Fahrt versagen könnte. Und er zeigt mir die Achillesferse, die es freilich gibt: die Motoraufhängung. Ein Polster aus Hartgummi; ich lerne, wie man das Teil austauscht.

9. Mai 1963 – Fortsetzung eines Höhenflugs. (Oder neue Tiefbohrung.) Schoeps, *Große Homines Religiosi II: Pascal, Dostojewskij, Baal Schem.*

17. Mai 1963 – Plan für die Semesterferien: Endlich die große Reise. Südfrankreich. Fahrt ins Konkrete. Ein Fest der Unmittelbarkeit könnte daraus werden: Nichts Trennendes zwischen mir und einem Ort; mir und der Welt. – Morgen: Das *Kabarett von unten* wird sein erstes Programm vorstellen. *Götter, Krämer und Genährte.* (Titelvorlage: *Götter, Gräber und Gelehrte.* Berühmter Roman der Archäologie von Ceram.) Debut-Ort ist der *strohhalm*, Jazzkeller in Erlangen. Heute Nachmittag Generalprobe.

20. Mai 1963 – Die Besprechungen in den Zeitungen. Alles recht freundlich. „Der Start war ausgezeichnet, vielversprechend und verpflichtend" (8-Uhr-Blatt) ... Vier Vorstellungen in Erlangen, während der nächsten Tage.

2. Juni 1963 – Vorgestern und gestern (Pfingstsamstag) *Kabarett von unten* im Nürnberger Apollotheater. Wir sind manierlich über die Rampe gekommen; kräftiger Beifall. – Für die von unten Sommerferien. Ich werde meine Reise vorbereiten.

4. August 1963 – Mein Lebensgestell in den nächsten fünf Wochen: Der blaue Lloyd 400 (mit neuer Motoraufhängung). Im Kofferraum zwanzig Dosen Zweitakteröl. Benzingutscheine für zwanzig Tankfüllungen. Ein geliehenes Zelt, groß genug zum Schlafen. Vermischte Konserven, ein Spirituskocher. Klapptischchen, Liegestuhl. 400 Francs. Eine Mappe mit Schreibpapier. Ein *Guide bleu Frankreich*. Landkarten. Keine anderen Bücher. – Die Erwartungen? Konkretes Dasein. Sinnliche Erfahrung. Welt spüren. Aber auch: Wahrnehmungen in Worte fassen. Dabei Kierkegaard widerlegen, der behauptet, das Konkrete, also Endliche sei Quelle der Verzweiflung; wer es genießen und festhalten wolle, stürze sich in Schwermut. Gegengedanke: Ein Ich begegnet sich in den Dingen. Nicht bloß wie in Spiegeln; sondern stofflich, berührbar (das heißt vor allem: es wird berührt). Und kann ein Ich nicht auch mit Dingen sprechen: sie zum Reden bringen? Aber sie sollen nicht ihre Erinnerungen aufblättern, keine Geschichten erzählen. Sie sollen ausdrücken, was sie sind.

25. September 1963 – Zum Augenblick: Verweile! Ich rette euch, ihr vielen Augenblicke, in mein Leben hinein. Erinnernd. Ins Reine schreibend. Als wäre eine Flamme zu bewahren. Der Süden vor allem, der mir diese Kälte des Wieder-am-alten-Ortseins vertreiben soll.

7. August. Zwei Tage unterwegs, von Nürnberg bis Straßburg. Meine Wirklichkeit: die Straße. Ich war wohnhaft; denkhaft. Jetzt bin ich freischwebend zwischen Abreise und Ankunft. Was zurückgeblieben ist, beschwert mich nicht. Wo ich ankommen werde, dort ist die Welt ganz anders; ich muss mir jetzt nicht vorstellen, wie sie sein wird.

8. August. Straßburg. In der Nacht hat es geregnet, die Stadt ist in graues Licht getaucht. Ich suche einen Parkplatz und fahre verkehrt in eine Einbahnstraße. Der Polizist ist gnädig, zeigt mir auch den Fußweg zum Münster. Place Gutenberg: Am Ende einer nicht sehr breiten Straße eine maßlos hohe, rötliche Mauer, verschleiertes Rot, nichts Flammendes, sperrig, abschließend, links zur Seite gerückt der eckige Turm. Ihm fehlt das Gegenstück; eine Dissonanz, die mir, fürs erste, nichts bedeutet. Ich habe ein anderes Muster im Kopf, bin befangen: Gotische Kirche mit schlankem Turmpaar. Ein gewohntes Bild (Nürnberg, Sankt Sebald und Sankt Lorenz), es ist mir allzu selbstverständlich und wurde nie irritiert. Eigentlich ein langweiliges Vorbild. Ich beeile mich, in die Kirche zu kommen. In ihr verlaufe ich mich gedankenlos. Komisch die Astronomische Uhr. (Riesenspielzeug.)

Mittagessen in einem Wirtshaus; Choucroute mit Leberknödeln. Dann zurück zum Münster, ich kann die erste, kühle oder leere Begegnung nicht auf sich beruhen lassen. Der Tag gibt noch immer zu wenig und nur eingrauendes Licht her. Eine Mauer ist die Westfassade wahrhaftig nicht. Sie ist das Gegenteil; aufgelöst zu Aktionen im figurenwimmelnden Hauptportal, darüber die Rosette; auf zwei Etagen hohe schmale Fenster wie Pfeile himmelwärts; das Ganze nervös, an grellen Tagen vermutlich vibrierend und der rote Stein dann fiebrig.

Abend. Ich sitze auf dem Zeltplatz zwischen meinen Gerätschaften und denke an die gotische Versteinerung eines

Wahnsinns. Sinnwahns: so kommt das Wort der Wahrheit näher. Um jenen Sinn weiß ich von früher, fürs Wähnen habe ich inzwischen andere Stoffe. Trotzdem, was mir vom Tag bleibt, ist eine gescheiterte Begegnung. Mit einem Kunstwerk. Das mit anderem Sinn in meiner Welt steht, als seine Schöpfer gemeint hatten. An diesem Anderen bin ich gescheitert. Ich bin so hilflos vor ihm gestanden, dass das Werkungetüm schweigsam blieb. Zwei Anstöße aber doch: Die Verwandlung des theologischen in ein ästhetisches Monument. Und der Skandal der Asymmetrie. (Ist sie ein Zeichen von Zerstörung oder von Lebendigkeit?)

9. August. Von Straßburg nach Colmar, weiter bis Belfort.

Colmar. Museum Unterlinden, einst Kloster, dreizehntes Jahrhundert. In der gotischen Kapelle die Gemälde des Isenheimer Altars, von Matthias Grünewald. Diese Bilder erzählen, worauf Kathedralen gründen. Auf Kreuzigung und Auferstehung. Die eine spielt sich im Innenraum der Tempel ab, atmosphärisch. Die andere wiederholt sich an den Außenwänden, sichtbar.

In der Kapelle von Unterlinden ergreift und bannt ein Bild das Auge sofort. Der Tote am Kreuz. Die Last zieht den Querbalken an den Enden abwärts. Der angenagelte Körper ist von zahllosen Wunden zerrissen. Der Kopf hängt zur Seite; im Gesicht ein letzter, erstarrter Schrei. Die Hände wie gespreiztes Geäst. Als Hintergrund ein aufziehendes Unwetter, das den Ort bereits eingefangen hat. Oder lichtleere Höllenlandschaft. Jedoch an der linken Seite, eingehüllt in einen grell weißen und einen tiefroten Umhang, zwei Figuren des Schmerzes. Erstarrt, als wären sie Glas: gegen den grauenvollen Tod die Reinheit des Leidens.

Ich reiße mich los von diesem Welt-Bild, gehe um die Ecke zu den bunten, auch spielerischen Teilen. Verkündigung. Engelskonzert. Weihnachten im Stall. Auferstehung. Das alles soll Licht in die Welt bringen. Bei zwei anderen Bildern bleibe ich lange stehen. Versuchung des Antonius: Ein alter Mann liegt am Boden, ein Schwarm grässlicher Ungeheuer fällt über ihn her. Ich denke mir: Der Alptraum eines Menschen, den die Bestien seines Lebens, die Erinnerungen ans Missratene überkommen. Als Gegenstück: Zwiegespräch in der Einsiedelei. Ein Platz vor einigen zum Zerfließen neigenden Baumskeletten und einer starren Palme; vorne sitzen zwei Männer im Gespräch. Der Einsiedler, der hier haust, in ein knielanges, grob geflochtenes Hemd gehüllt; sein Besucher im schweren Gewand des Gelehrten. Aber eigentlich handelt das Bild nicht vom Disput, sondern von einer Ur-Ruhe in der umgebenden Natur, der ein hochgelehrtes Gespräch gleichgültig ist.

Gegen Abend Belfort. Ich möchte etwas zu Mathis dem Maler erfahren; im Museum habe ich eine Schrift über den Altar gekauft. Doch der Autor, Stadtarchivar, kann fast nur mutmaßen: Ein „zerrissener" Mensch, für einen Meister mit eigener Werkstatt auffällig unstet, einige Male vielleicht auf der Flucht. Und ein christlicher Revoluzzer sei er gewesen, mit seiner Kunst Streiter für den reinen Glauben am Vorabend des Bauernkriegs. Monsieur Archivar, das liest sich nach einem Wunsch-Trugschluss. Vielleicht war Mathis Nihilist, nichts als verzweifelt und darin seinem Gekreuzigten verwandt. Schauen Sie den Auferstehenden an; das ist doch bloß ein Gespenst.

10. August. Bis Mittag noch in Belfort. Verjährte Festung. Der Ort feiert sich im Monument der Trois Sièges (Drei Belagerungen). Durch Nebenstraßen. Niedere, zerbröckelnde Häuser, eine Verszeile könnte sie „traurig lächelnd" nennen. (Ich verbessere zu: „ein tristes Grinsen".) Ein Mädchen sieht meinen Fotoapparat und möchte fotografiert werden, oder 10 Centimes für Bonbons. An den Häuserwänden Plakate der KPF: „Pompidou – Rothschild. Non! Non!" Ist das Foto ein Fluchtweg, wenigstens für die Erscheinung eines Menschen? Das eigene Abbild anderswo zu wissen, ist so süß wie fünf Bonbons. Im Schaufenster eines kleinen, geduckten Ladens einige

Pfirsiche; sie sind angefault. (Habe ich nicht vor Jahren Gedichte zum Lobe süßer, schädelgrinsender Erde geschrieben?)

Weiterfahrt in Richtung Besançon. Halbwegs abgebogen, auf einen Platz am Ufer des Doubs. – Der Nachmittag feucht und schwer unter der Sonne. Vom Grün der Flussaue eingehüllt, denke ich an das Zwiegespräch-Bild. Dessen Landschaft: starr und zugleich in Auflösung. Erstarrt die mit Klingen besteckte Palme. Zerfließend Gebirge und Tal im Hintergrund und die Baumgerippe, von denen lange Fetzen Moos hängen. Zeichen dafür, dass Zeit dort keine Rolle spielt; nicht vorkommt? – Das Gespräch in einer Grotte aus Stille. Es könnte schweigend geschehen. Eine Begegnung von Gedanken, ohne dass Worte nötig wären. Und verweisen denn die Gesten der „Sprechenden" auf etwas anderes als auf gerade diesen Ort?

Noch wäre der Abend hell genug zum Lesen im Freien. Aber den Fluchtweg in ein Buch habe ich mir abgeschnitten; ich habe keines mitgenommen (außer den Reiseführer). Was zu lesen sei, soll die Reise mitliefern. Also liege ich da, versuche, Gedanken zum Schweifen zu bringen; sie versickern bald. Ungewohnt, aber angenehm.

11. August. Von Baume-les-Dames über Besançon bis Lons-le-Saunier.

Besançon. Über den Pont de Battant in die Altstadt. Grande Rue: eine Straße mit langgezogenen Palästen aus der Renaissance. Die Einheitsfarbe helles Steingrau. Stilwechsel, weg von den Städten, in denen altfränkische Spitzgiebel und Fachwerk herrschen (Straßburg, Colmar), zur klassischen Linie, der Horizontalen. Der Blick muss sich, wenn er Weite sucht, nicht mehr bloß himmelwärts wenden. Er zieht die Straße dahin, kann sie auch in gerader Linie überholen.

Im Palais Granvelle (Bauherr war ein Minister Kaiser Karl V.) eine Ausstellung *1925: Mouvement des Arts et des Idées.* Baupläne, Gemälde, Plastiken, Kleider, Plakate, Bücher, Möbel, Theaterfotos aus den Jahren nach dem ersten Weltkrieg. Ich schlendere zwischen Überresten des Glücks jener, die überlebt hatten. Spuren von Zeitgeist, also jetzt eher Gespenster. Neben dem Eingang ein Plakat, das eine Negerrevue ankündigt; lachende Musikergesichter, die Sängerin wie in einem Zerrspiegel aufquellend, hauteng das weiße Kleid, Verheißung einer grellen, schreienden Vitalität. Einen Schritt weiter: La Victoire. Der Heldenkitsch, der den Sieg verniedlicht in bunten, einfältigen Uniformbildchen. Und der das Grauen gotisiert in Entwürfen für monumentale Denkmäler. – Am längsten bleibe ich bei den Gemälden. Matisse, Rouault, Utrillo. Francis Picabia, Idylle; ein faunisches Pärchen, sein Liebesspiel gleicht dem gegenseitigen Lausen zweier Äffchen; dabei ein furchtsamer Seitenblick des spitznasigen, einäugigen Männchens. Kees van Dongen, *Mistinguette et Max Dearly*; ein überlebensgroßes Tanzpaar, aneinander geklebte Körper (der Urtrennung spotten!); ein stieläugiger Lustmolch und ein puderweißes, lustvoll aufschreiendes Weib. In allem, auch in der Kunst ging es darum, den Krieg, der vorbei aber nicht verstummt war, zu überschreien?

Im Innenhof Statuen, nur durch ein Gitter wahrzunehmen; denn um zwölf Uhr schließt das Museum zur Mittagspause. (Landesüblich.) Ich laufe weiter die Grande Rue entlang, eine mittäglich stille, menschenleere Straße ist aus ihr geworden. Sie führt quer durch die Altstadt bis zum Anstieg hinauf zu Kathedrale und Zitadelle. Am Straßenrand drei Säulenstümpfe; Erinnerung an den römischen Stützpunkt Vesentio. Durch die Porte Noir bis zur Cathédrale Saint Jean. In ihr, im gelben und roten Mittagslicht, schwebt noch der Weihrauchduft aus dem Gottesdienst. Der Bettler am Portal posiert, auch er will fotografiert werden.

Vor der Weiterfahrt, schon im Auto, lese ich, dass ich am Geburtshaus von Victor Hugo (26. Februar 1802) vorbeigegangen bin. Und gegenüber das Geburtshaus der Brüder Lumière, Erfinder des Kinematografen; des bewegten Lichtes also.

Vielleicht ist mir noch nirgends so bewusst geworden, wie Gegenwart zusammengesetzt ist. Das gegenwärtige Gerüst des

Lebens: errichtet aus Kulissen und Requisiten mit dem Blick und dem Atem aus zwei (und oft noch mehr) Jahrtausenden.

12. August. Lons-le-Saunier, Bourg-en-Bresse, Lyon.

Auf Lyon zu bei strömendem Regen. Der schönste Teil der Strecke: Birkenalleen, die sich in kalkigem Weiß und zartem Grün über die Straße wölben wie ein barockes Kirchenschiff.

Abend. Ich kann im Auto sitzen und durch die zerfließenden Fenster auf graue Schleier sehen. Oder im Zelt liegen, im Dunkeln, und auf den darüber fegenden Regen hören. Meine Einsiedelei, heute. Fortschritt: Ich versuche nicht, Gedanken zum Schweifen zu bringen. Mir genügt, dass nichts anderes – also eigentlich fast gar nichts – der Fall ist.

13. August. Lyon. Nachmittag, genug des Nichtstuns, endlich in die Stadt. Sie ist fürs erste chaotisch. Ich habe keine Vorstellung von ihr und keinen Schlüssel. Im Stadtplan suche ich mir den Weg in eine gute Randlage. Über die Saône ins Vieux Quartier. Auf die Kathedrale Saint Jean zu. Ihr gegenüber ein freier Tisch vor einem kleinen Straßencafé. Die Markise hängt tief herab, nimmt die Aussicht auf die Kirchenfassade; nur die beiden Portale sind zu sehen. Die schwarzen Nischen neben den Türen leergeplündert. Einige alte Frauen sitzen auf der Steinbank, die an der Wand entlang läuft. Sie warten den Tag ab? Der übliche Bettler, der sich in eine Türecke kauert. Mein Blick zu ihm und das Echo, das er zurückwirft. Ich nehme die Brille ab, die Dinge rundum zerfallen in ihre schwebenden Moleküle. Es fängt wieder an zu regnen. Ich fühle mich – glücklich; glaube ich.

14. August. Lyon. Mit dem Bus von Oullins, einem betriebsamen Vorort, ins Zentrum. Vorbei an Reihen kleiner Läden mit großartigen Namen. Ein winziges Fischgeschäft: „ La perle des Océans".

Place Bellecour. Ein Platz, um einen Menschen dort auszusetzen. Eingerahmt von starrenden Fassaden und kleinen Parkanlagen. Ich weiche an den Rand aus. An der Ecke zur Rue de la Républic ein Kino, das um 10 und 13 Uhr einen Film über Nachtleben zeigt, verboten für Jugendliche unter 18 Jahren, Eintritt prix réduit; zur Reklame schwebt über dem Eingang ein Engel aus Pappe, der einen BH mit den Zähnen festhält. Ich fühle mich nicht angesprochen, verfolge ein Stück weit einen Abbé, der im Brevier lesend das Gewühl um den Pont Tilsit durchschreitet. Unter Baumgruppen sitzen oder humpeln alte Männer, bärtig, in abgerissenen Anzügen; sie heben Kippen auf, sprechen Leute an, schimpfen auf wen oder was. Ich ziehe weiter oder werde geschoben; Straßen, Plätze, Häuser mit sechs Stockwerken und höher, aus drei Jahrhunderten; ich kann barocke Pracht vom historistischen Nachbau oft nicht unterscheiden. Rue de la République mit noblen Schaufenstern. Place des Jacobins; ein modernes, hohes Wohnhaus wie ein stehend aufgeklapptes Buch, mit breit gewölbtem Rücken statt der üblichen scharfen Kante von Eckhäusern. Wohin man auch kommt, eine gotische Kirche fängt der Blick immer ein; wie waren die Bürger einst auf ihr Seelenheil erpicht. Archen ins Jenseits. Von der franziskanisch einfachen Eglise Saint Bonaventure ein Katzensprung zur Börse, 1860 geweiht, verquollen vor Zierrat. Im Juni 1894 wurde Staatspräsident Carnot von einem Attentäter erschossen, als er den kapitalistischen Tempel verließ. An der Place des Terreaux das Hotel de Ville, barock; eines der schönsten Rathäuser Frankreichs, lese ich. An Straßenecken kleine Brunnen: Löwenköpfe, aus denen Trinkwasser fließt.

Eine meiner frühen Leidenschaften: dahinzulaufen, eingefangen von Straßen, oder als der unberührte Fremde. Doch ich sinne keinem „temps perdu" hinterher, jetzt. Bin auf *Gegenwart* aus. Was bedeutet das Wort? Worin besteht sie? Sie, das Wirkliche?

Vor zwei Tagen hatte ich mir notiert: Versammelte Rückstände aus Jahrtausenden. (Aber nein, Herr Weltgeist, das ist gar nicht abschätzig gemeint.) Die Frage bohrt weiter, in einer so gehorteten Stadt wie Lyon. Also: Was ist das Gegenwärtige?

Nicht bloß die Anreihung, Aufhäufung aus Gebliebenem. Zumindest müsste es die Resultante daraus sein (geometrisch gesprochen). Kommt diese Resultante selbst dinglich vor? Wie (sagen wir:) ein Auto, das in einer Straße mit gotischer Kirche, Renaissancepalais und historistischem Fassadenzauber fährt. Das Auto ist dieses Resultat natürlich nicht; es ist nur ein Molekül in der Masse der Dinge. Es ist da, wie sie alle. Auch das Gegenwärtige ist da. Ich wünsche mir, es zu sehen. Wie es dasteht oder vorbeifährt. Gegenwart ist nur ein Begriff, belehrt mich der Nominalist aus dem vergangenen Semester. Das Auto ist auch ein Begriff, Herr Nominalist, und zugleich sehe ich es oder ihn oder beide.

15. August. Lyon. Über Vienne bis Valence.

Gegenwart *sagen* (ausdrücken). Vor der Weiterfahrt will ich den Kopf befreien von diesem Problem. Die Gegenwart der Stadt Lyon sichtbar wie irgendein Ding? Entweder war ich gestern blind, oder ich habe naiv ins Leere gestarrt. Weil es nicht zu sehen gibt, was ich sehen wollte. Gegenwart ist ein emotionaler Schluss aus den Umständen. Ich empfinde sie. Gegenüber der massiven Wirklichkeit einer solchen Stadt komme ich mir – gespenstisch(?) vor. Vielleicht ein Laut, die Vorform eines Wortes. Missklang, aus dem Zusammenprall der Zeiten und Dinge und ihrer Geräusche. Ich kann versuchen, Häuser zu beschreiben. Meine Empfindung „ Gegenwart" kann ich nicht beschreiben. – Lösung: Sie ist dieses Unvermögen. Dieses Schweben quasi zwischen den Zeilen der Wirklichkeit. Und jetzt packen. Abfahrt!

Mit der Rhône südwärts. Ortsname: Saint-Symphorien-d'Ozon. (Man muss nicht alles verstehen.) Bald in Vienne. Die Altstadt am Fluss. Gedränge der drei hochragenden Kirchen, spätantik-romanisch-gotisch, die einen unauffälligen Augustustempel umstellen. Im Langhaus der Primitiale Saint Maurice, in einem hellen, schwebenden, zitternden Licht sitze ich und spüre den starken Zug, mit dem die Zeitmaschine mich entführen will. Ein Jetzt, aber tausend Jahre zurück. Mir ist es lieber, um diese tausend Jahre älter zu sein.

Bis Valence zu fahren (halbwegs zwischen Lyon und Avignon), verlangt mein Reiseplan noch. Eine gewöhnliche Stadt, kein Fangarm nach mir ausgestreckt. Verlässt man die Hauptstraße, wo ich viele Hotels, aber keine Boulangerie finde, ist der Ort wie ausgestorben. Die Läden geschlossen, sogar das Museum hat Fermature Annuelle.

Abend. Schwere rote Wolken über der Rhône. Die Hügel gegenüber werden zu schwarzen Wänden; ihre Ränder mit scharfen Linien gezogen. Ich komme mir eher unscharf vor. Aus den Notizen der ersten Woche kann ich noch nichts (kein Seinsbild) zusammensetzen. Aber das beunruhigt mich nicht.

16. August. Von Valence bis Avignon.

Die Straße führt geradeaus durch eine breite Ebene, bis Montélimar. Ein Städtchen, ein Leichtgewicht nach den Orten, die ich seit einer Woche durchlaufen habe und die mich, mein Bewusstsein, allmählich mit ihrer Schwere ausfüllen. Was ich da unentwickelt mittrage? – Hier: Ein breiter Boulevard, an der linken Seite aufgereiht Nougatläden. Nougat? Es sind Stückchen einer bleichen oder buntgefärbten Masse, in die angeröstete Mandeln eingeschlossen sind; man muss die angebliche Köstlichkeit aus ihrer Cellophanhülle befreien und offen an der Luft liegen lassen, sie wird weich und zäh und schmeckt künstlich süß. Auf der anderen Straßenseite ein Rummelplatz; Buden und Karusselle, die noch träge in der Mittagshitze liegen. Ich biege ab in einen kleinen Park. Ein winziger Weiher, aus einem hindrapierten Felsen fließt das Wasser. In einigen Käfigen Fasane, Pfauen, zwei Paviane; die Tiere schlafen im Stehen.

Weiter nach Orange. Am Rand der Altstadt, auf einer Insel mitten in der Route Nationale 7, der Triumphbogen. Aus der Zeit des Kaisers Augustus. Zur Verherrlichung des Sieges über die Gallier. So nah war ich dem Römischen noch nie: mit den Fingerspitzen auf einem Bauwerk, das bald zweitausend Jahre lang sich und der Zeit überlassen ist. Als Ganzes unverstümmelt. Der Stein silbrig und schwarz. Einige Bildfelder sind gut lesbar geblieben. Ornamente geschützt im Innern der Durchgänge. Aber die Zeit hat sich eingefressen in den Bau; hat ihm viel von seiner Bestimmtheit genommen. Sein Körper ist unscharf geworden, im einzelnen verschliffen und porös; weiche Stellen. Ich bleibe lange, kann mich nicht lösen, nicht abwenden von diesem Block massiver Zeit. Sie ist, mit allem was sie an sich gerissen hat, verdichtet in diesen Steinen. Schreie und Schweigen und wildes Leben hatte sie aufgesogen; gelöscht; die Zeit ist zu Fleisch geworden (das unter uns wohnt). – Ein Spanier spricht mich an; auch er unterwegs mit einem (neueren) Lloyd. („Alexander TS".) „Too much, äh, piedras viejas, in Barcelona." Sagt er und gibt mir seine Adresse, für den Fall, dass ich irgendwann dorthin kommen werde. – Das römische Theater ist geschlossen. Es wird für eine Veranstaltung am Abend hergerichtet. Ich bekomme nur die Außenseite der erhaltenen Bühnenwand zu sehen. Eine mächtige gelbe Mauer, die Ludwig XIV. „die schönste Mauer meines Königreichs" genannt haben soll.

Die Straße bis Avignon eine Birkenallee. Am Straßenrand Stände mit Melonen. Ich kaufe ein: „3 Melones 2 Francs." Die Weiterfahrt im schweren Duft der reifen Früchte, der mein Gehäuse ausfüllt.

Jetzt am Rand von Avignon (Camping de Chateaublanc; für zwei nuitées habe ich 2 Fr. 70 bezahlt; der Platz ist, wie bisher überall, dünn besetzt). Abendessen: Melone, Käse, Baguette, dazu Chateauneuf du Pape. Ein Fest. Von Engeln begleitet: Auf das Feld nebenan schweben Fallschirmspringer herab, mit leisem Knall haben sich ihre Flügel geöffnet.

17. August. Avignon. Zuerst an den Remparts entlang; die Stadtmauer aus der Päpstezeit. Turmquader mit herauskragenden Schießscharten. Noch als Skelette drohend. Unter dem sich verdüsternden Himmel.

Weit komme ich nicht in die Stadt hinein. Ein Regenguss, plötzlich und heftig, treibt mich ins Musée Lapidaire. Mosaikfetzen; Torsi; Reste von Ornamenten und Reliefs. Ein Löwe, der einen Menschenkopf vor sich liegen hat. Ein Kapitell, das im Zerfall zum Schädel eines bizarren Fabelwesens geworden ist. Wie gewöhnlich (ordinär) sind, neben den ruinierten antiken Stücken, die eindeutigen Plastiken aus dem Spätmittelalter.

Endlich am Rocher des Doms. Höchster Punkt der Stadt über dem Fluss. Im schrillen Licht nach dem Regen: der Palast der Päpste. Vor ihm stehend, vor seinen blassgelben Mauern, fühle ich mich wie am Rand einer Wüste. Einer Verwüstung. Einer verwüsteten Idee. An kein Bauwerk erinnere ich mich, das so von Gewalt erfüllt wäre. So verbissen in sich selbst. Unheiliger, heilloser Corpus. Zerklüftet durch Türme, Zinnen, Vorsprünge, Nischen, hochgezogene Bögen. Die Burg einer Macht, die sich darin eingeschlossen hat und durch nichts als den nackten Stein über die geduckte Stadt herrscht. Erdrückend schwer ist der Bau; zugleich abschreckend und wie ein Geheimnis anlockend.

Ein Geheimnis, das sich für zwei Francs Eintritt öffnet? Der riesige Bau ist leer, ausgeplündert. Gewundene Gänge; niedere Treppenschächte münden in nackte Räume. Ein paar Freskoflecken; Spuren einer als Ganzes ausgelöschten Erinnerung. Der Weg durch das leerverweste, fahle, starre Geäder eines Fossils.

18. August. Von Avignon bis Arles.

Chateaublanc. Der Platzwart stürzt auf mich zu: Denken Sie, Monsieur, der Palast, verschwunden, nur noch ein ungeheuerer Krater; die Hölle hat das Palais des Papes verschlungen. – Ich weiß nicht, ob ich diese Szene beim Einschlafen gedacht oder kurz vor dem Aufwachen geträumt habe. Doch ich erinnere mich an Calderon, *Das Leben, ein Traum*; und aus diesem Theaterstück habe ich vor Jahren die Botschaft mitgenommen, dass Traum und Wirklichkeit um so weniger unterscheidbar werden, je tiefer wir in den Süden eintauchen oder hinabsteigen.

Ein Tag mit kräftiger Sonne, das Himmelblau nur gelinde verschleiert. Sonntag. Ohne einen Blick zurück auf die päpstliche Stadt (es könnte ja wirklich sein, dass...) fahre ich. In die Provence hinein. In ein Licht, das über der Landschaft vibriert. Am Horizont schattenblaues Gebirge.

Saint-Rémy-en-Provence, ein Landstädtchen; viele Menschen sind zum Einkaufen unterwegs, sonntäglich gelassen. Die Tische vor den Restaurants dicht besetzt. Ich fahre weiter, gut einen Kilometer vor die Stadt. Im Kloster Saint Paul wäre die Kammer zu besichtigen, in der van Gogh ein Jahr lang lebte und verzweifelte. Ansteckungsgefahr? Ich bleibe auf dem Plateau des Antiques, bei zwei Bauwerken der römischen Stadt Glanum. Das eine ist ein Bogen (Arc municipal); ein Torso, von dem wenig mehr als die Bogenführung übrig blieb. Das andere ein Mausoleum, ein schlanker Turm, sein oberes Drittel ein Rondell aus Säulen. Den Bogen kann man von der Straße her durchschreiten, auf das Mausoleum zugehend. Im Rücken, auf der anderen Straßenseite, die Reste von Glanum; Straßen, Grundrisse. Es ist zwölf Uhr, die eingezäunte Steinsammlung wird geschlossen.

Den Alpilles entgegen. Keine Autos, menschenleere Mittagsstunde. Ein paar Mal halte ich an, steige aus, um mich zu vergewissern: Wo bin ich wirklich? In einer leicht hügeligen Gegend, mit schroffen weißen Felsen, Gestrüpp und vertrocknetem Gras, dazwischen blassgrüne Maisfelder, verkümmerte Bäume, die Luft von Gewürz durchzogen, als wären Sonne und Licht einzuatmen. Aber welchen Sinn hat dieses Land; welches Leben ist darin versteinert und zu Licht geworden; wie viel Zeit aufgehoben zu einem Augenblick. Land voll Sagen-Haftigkeit.

Auf Les Baux zu. Von Ferne ein greller breiter Felsrücken, riesiger Sockel; eine maßlose Festung vielleicht oder nur Täuschung für einen Don Quijote. Auf der Passhöhe der Eingang in eine Ruinenstadt; Renaissance, das meiste verfallen, aber der

Ort hat achtundsechzig Einwohner, eine romanische Kirche, Läden mit Kunst und Keramikgeschirr; einige Restaurants, durch große Fenster fällt der Blick in elegant hergerichtete Speisesäle, die auf irgendein Fest warten.

Über der Stadt die Reste einer Burg, früh von Kelten, zuletzt von Herren der Provence betrieben. Halb in den Fels gebrochen, halb an den Berg angebaut. Der ausgeblichene (knochenbleiche) Kalkstein verwittert wie zu Korallen. Fels hat Mauern überwuchert. Die Anlage: Aufgebrochener Schädel eines Riesen, darin die verkrusteten Erinnerungsreste. Bogenstücke aus einer gotischen Kapelle. In eine Wand gemeißelte Waben für Urnen. Scharf ausgeschnittene Türen, hinter denen enge, kaum begehbare Kammern liegen. Aber auch Höhlenräume, in denen zu hausen wäre. Ein Wandstück mit Fenster, das den Blick hinunter auf die Ebene lenkt; Gärten und Felder und in der dunstigen Ferne, im Süden, die Möglichkeit des Meeres. – Ich bleibe lange, setze mich dem Wind aus, der scharf über das Plateau weht und eines Sinns mit dem Stein und dem Licht ist. Eine nicht benennbare Strahlung dringt in mich ein. Sie hält mich hellwach; ganz gegenwärtig. Der Ort erlaubt keinen anderen Gedanken, kein Abirren, kaum ein anderes Wort außer: *Jetzt*.

Stunden später. Kurz vor Arles noch die Abbaye de Montmajour. In den Sinn dieses Nachmittags fügt sich der Torso der romanischen Kirche und, gegen einen Abgrund von Himmelblau, der weiß strahlende Donjon, ein alles überragender Turmklotz mit glatten, unbezwingbaren Mauern, dreißig Meter hoch.

19. August. Arles. Basilika Saint-Trophime, in die Häuserreihe eingefügt, nur das Portal springt vor. Der Kalkstein geschwärzt, wie überall hier ist er ein Schwamm, der die Zeit aufgesaugt hat. Und die römische Stadt war (habe ich gelesen) ohnehin Steinbruch für christliche Neubauten. Das Portal könnte ein Triumphbogen der neuen Religion sein, Gott oder Christus thront über dem Tor, in eine aufrecht stehende Muschelschale

gezwängt. Darunter zieht die Seligenschar dem Herrn entgegen, die Verdammten werden an einer Kette fortgezogen. Zu beiden Seiten des Eingangs hochgewachsene Heilige, die halb aus ihren Reliefs treten, bärtige Gesichter, die Augenlider gesenkt, die Blicke zu den Füßen oder ins eigene Innen gerichtet. Ich muss aufschauen zu diesen düsteren Verkündern oder Bewachern einer Gegenwelt, die hinter dem Portal beginnen soll, zumindest als Vorahnung. Was mich tatsächlich einfängt, ist dieses romanische Dämonenhafte im Stein. – In der Kirche weder Verheißung, noch Erfüllung, bloß Kitsch. Ich fliehe in den Kreuzgang. Schatten. Lichtstriche sind über Kapitelle gezogen, und über Heiligenfiguren an den Pfeilern. Auf den Kapitellen drängen sich Legenden. Die Pfeilerfiguren haben breite bäuerliche Gesichter, manche von der Verwitterung zernarbt oder verwildert. Ich spüre die Schwerkraft des Ortes, die mich anzieht und festhalten will.

Schmal und schattig sind auch die Gassen der Altstadt. Häuser aus grobem Bruchstein, aber mit marmorglatten Türfassungen, von oberen Stockwerken hängen Betttücher zum Trocknen herab, alte Frauen in schwarzen Kleidern huschen an den Mauern entlang. Ich horche auf Stimmen, die hart klingen, rollendes rrr, keine Nasale.

Ein Kirchengehäuse aus dem Barock ist zum Heidnischen Steinmuseum geworden. Tanzende Statuen, schöne Sarkophage, Fragmente aus Giebeln, Friesen, Säulen, Mosaiken; allerlei Keramik. Ich habe auf der Reise eine heftige Zuneigung zu solchen Steinen gewonnen. Wie sie die Zeit eingefangen haben. Und der Zeit widerstehen. Dabei füllen sie den Raum mit ihrem Atem, der nach Zerfall riecht. Ihre eigene Weise, zu verwesen. – Lapidarium: Behausung für Steine. Lapidar schreiben oder sprechen: Sätze ohne weiche Stellen.

Die Arena. Diese Art Staatsarchitektur liegt mir fern. Ich kreise durch das Skelett des Baues; Bogenwände, die ihn tragen. Von oben der Blick auf Dächer, die wie grob zerpflügte Äcker in lehmigem Boden aussehen. Danach an den Thermen vorbei zur Rhône. Braunes, zähes Wasser umschließt Treibholz. Noch einmal quer durch die Altstadt, zu den Alyscamps.

Die wirklichen Champs Elysées, Gefilde der Seligen. Die Römer hatten den Begräbnisplatz vor der Stadt angelegt. Nach der Vorschrift in den Zwölf Tafeln: Hominem mortuum in urbe non sepelito. Die Christen übernahmen ihn. Er wurde so berühmt und begehrt, dass man Särge von weither die Rhône hinabschickte, mit einem Entgelt für die Sargfischer. – Ich lebe meinen Nachmittag im Gefühl abnehmender Wirklichkeit. Der Weg führt entlang an aufgereihten Sarkophagen; wenige sind offen und bergen trotzdem ein Geheimnis, viele verschlossen mit dachförmigen Platten. Eine Balance auf der Grenze zwischen Licht und Schatten: Schattenspiel der Bäume, die ein leichter Wind bewegt, und schreiende Helle auf Dingen, die so gezwungen sind, Ewigkeit oder das Nichts zu spiegeln (eines wäre wie das andere). Über Grabplatten laufen kleine Eidechsen. Bei einer verfallenen Kapelle öffnet sich ein Schacht, in dem schlichte Steinkisten gestapelt sind. Ich kann mir dabei zuschauen, wie ich verschwommen werde, eine *psyche* im Hades.

In den Abend hinaus fahre ich, in die tagesmüde Camarque; bis Nîmes.

20. August. Nîmes. Aufschreiben. Durchstreichen. Eine Aussage wieder herstellen. So vergeht der Vormittag. Endlich in die Stadt.

Maison Carrée: ein Tempel aus antiker Spätzeit, gilt als einer der schönsten im römischen Reich; darin Musée des Antiques. Wo sonst sollte ich den heißen Nachmittag verbringen. Eine Venus aus Nîmes, ein Apollokopf, eine Tänzerin aus Arles, Apollo mit Köcher, Venus mit Delphin, Herkules eine Schlange erwürgend. Das Grabmal eines römischen Ehepaares, unter dem Relief mit beiden Bildnissen das übliche Signum D.M. (Dis Manibus). Ein Aberglaube ist es, dass Steine unabhängig seien vom Leben. Er verführt dazu, ihnen das Schöne, Vollkommene, oder auch bloß unsere Gesichter anzuvertrauen. Im Lapidarium werden Bildhauer und Ewigkeitssucher anders belehrt. Steinerne Köpfe sind zu Schädelresten verwittert. Bilder versickern im Stein. Wie sie auch in Beschreibungen, in Wörtern versickern; hier aber geschieht es zögernder; quälender. Die Steinwerke sterben unfassbar langsam, in ihre Stille eingeschnürt.

Park. Im Schatten spielen Gruppen von Männern Boule. Auf den Gesichtern Anspannung, Konzentration. In Zweifelsfällen wird die Entfernung zwischen Bällen mit einer Schnur gemessen.

21. August. Von Nîmes nach Narbonne.

Bis Montpellier durch Garrigues, Heidelandschaft; beruhigend leer. Die Stadt? Promenade du Peyrou, zwei Parkterrassen, achtzehntes Jahrhundert, langweilig. Ich fahre weiter; nicht über Sète am Meer entlang, sondern durch die Hérault.

Durch endlose Weinfelder, die in der Sonne, im schrägen Licht glänzen. Was mir zu dieser Landschaft, zu Erde und Stein an Wörtern einfällt – herb, zeitlos, heroisch, schwer vor lauter Geschichte – ist banal. Ich bin überfüllt mit Bildern, Empfindungen, Wirklichkeiten. Morgen von Narbonne aus sofort ans Meer fahren!

22. August. Leucate Plage. Eine weite Bucht; der Strand breit und langgezogen, dünn bevölkert. Fünfzig Meter oder mehr bis zum nächsten Zelt. Im Rücken landeinwärts eine Häuserzeile, zweistöckig; grün gestrichene Fensterläden, die geschlossen sind und vor sich hin verrosten.

Mittag. Erster Gang über den verlassenen Strand. Unter dem Brennglas der Sonne. Verstreut im Sand liegt bleiches Treibholz; weißglühende Skelettreste rätselhafter Tiere. Dann gelbes Wurzelzeug, es kriecht über feinen Kies in einer urhaften Bewegung. Ein Stück, das ich aufhebe und mitnehme, stellt einen Krebs dar, mit kurzen Stacheln auf der Bauchseite.

Am Rand des Meeres. Die nächste flache Welle macht Fußspuren ungeschehen. Im Weg liegen kleine leuchtende Kugeln:

Quallen, reglos in stiller Verdunstung. Das Spiel der Wellen mit den vermutlich toten Tieren, sie werden auf den Sand gespült, rollen meerwärts, dem Wasser hinterher, werden an Land zurück geworfen. Manche bleiben unter flachem Wasser liegen, die meisten kleben im Sand wie angesaugt. Einige der Kugeln werfe ich ins Meer, sie liegen wie kühles, schweres Glas in der Hand.

Landeinwärts; nach wenigen Schritten jäh Stille. Eine Leere, die nur der Wind ausfüllt.

Am Abend noch einmal hinunter an den Meeresrand. Hinter zurückrollenden Wellen schimmert der Sand für ein kurzes Aufleuchten silbern, wie in einer schwarzen Muschelschale. Ein leichter Sonnenbrand, auf meiner Haut zu spüren fast wie Glück.

23. August. Leucate Plage. Ich ordne meine Beutestücke: Aus Les Baux ein Tonkrug, bauchig, mit engem Zufluss und noch kleinerer Schnaube; gut für den Rotwein. Aus Nîmes ein Gardian-Hut, ich will mich wieder hüten vor dem Sonnengift. Broschüren über Glanum, Les Baux, die Alyscamps. Ein kleiner Stapel Ansichtskarten, recht gute Fotografien. Meine Reisenotizen, die den Bildern im Kopf oder vielmehr meinen andauernden Empfindungen von Bildern so wenig standhalten. Hatte ich mir nicht das Ziel gesetzt, dass nichts Trennendes zwischen den Dingen und mir stehen sollte? Ich hätte hinzufügen müssen: Nichts Trennendes außer der Sprache. Der Sagbarkeit. Denn die Welt ist so weit entfernt von mir, wie Worte mir fehlen oder ungenau, verschwommen sind. Sätze zu lückenhaft. Tatsächlich begegne ich der Welt erst in den Sätzen, die sie beschreiben und erklären. Der Satz als Ort der Begegnung zwischen der Welt und einem Menschen. Von mir aus gesehen, stellen Sätze die Welt her. Was von ihr ist mir jedoch widerfahren, bevor die Wörter zugreifen? Was haust ungesagt in mir; ohne dass es still, reglos sein würde. Oder vielleicht doch unmerklich, eine unentdeckte Zeitbombe.

Mittag. An der Straße zum Strand ein Verkaufswagen mit

frisch zubereiteten Spezialitäten. Der Patron klagt über zu wenig Kundschaft. Ich nehme Beignets de poisson: in einem Pizzateig eingebackene Fischchen. Und Friton (oder Graton genannt): zerhackter getrockneter Fisch, mit Tomatenstücken vermischt. Dazu Weißbrot, Rotwein. Und kein Wort, das sich zwischen mir und diesen Dingen breit machen würde.

Später ans Wasser. Keine Spur von den Quallen.

Am Abend zieht ein trockener Nebel in die Bucht, verhüllt das Riff und den Leuchtturm. Vom Meer herüber der Atem verwesender Muscheln, Seesterne, Krebse.

24. August. Leucate Plage. Früh den verwilderten Weinberg hinauf, durch ein Terrassenlabyrinth. Zwischen den Steinen Disteln und dürre Kräuter. In den Geruch des morgentlichen Meeres zieht Kräuterduft ein. Der Dunst verfliegt, gibt den Blick auf die Bucht frei. Eine Sandzunge, die ins Meer wächst. Das Dorf Leucate hat einen Felshang besetzt, der brüchig erscheint; geduckte Häuser, Rechtecke felsfarben. Am Fuß des Hangs Weinfelder, die Rebstöcke streng in Linien geführt.

Ich habe die Antwort gefunden, wie die Toten aus dem Hinterland nach Arles kamen. Der Leichnam wurde in ein Fass gelegt, zusammen mit dem Geld für das Begräbnis; das Fass mit Pech dicht verschlossen und der Rhône übergeben. – Keine Flusspiraten, die unterwegs den Archen zur Ewigkeit aufgelauert hätten?

Mittag: Ritz Espagnole, das ist Curryreis mit Hühnchen und Fisch, garniert mit gesottenen Muscheln.

Abend: Tomate farcie (warm und gefüllt). Gebratene Fische. Zum Nachtisch Törtchen, in die Fisch und Weintrauben eingebacken sind. Bei der ersten Dunkelheit Aufstieg in das Riff. Oben kreisen die Fangarme des Leuchtturms rhythmisch über das Plateau. Mir nützt es nichts, die Arme zu spreizen: ich kann nicht fliegen.

25. August. Leucate Plage. Sonntag. Bei Brot und Käse, Wasser

und Wein, Papier und Bleistift. Text: Das Dankgebet eines Fassräubers für reiche Beute, und Fürbitte für die arme Seele jenes Eitlen, der sich den schönsten Platz in der Seligkeit erkaufen wollte. Gütiger Gott und Herr, Dein Fluss treibt dem Armen vor die Füße, was er zum Leben braucht. Du bist die Gerechtigkeit, die Zeche zahlt ein durch Reichtum und Hochmut Verblendeter. ...

Sujetwechsel, und zurück zu meinem Problem: Wie kann ein Beschreiben, das an seine Grenzen stößt, darüberspringen? Der hilflos gewordene Autor wechselt von der Prosa ins Gedicht.

Leucater Elegie

Kaum eine Zeile
die ein Bild in Bann schlüge
zu viele Augenblicke
die verweilen sollten
nur
eine Leimrute habe ich ausgelegt
für die Wörter
meine Finger werden liebkosen
jede Metapher
die mir treu bleibt

Vom Atem der Steine
spreche ich
zwei Fingerspitzen an ihrem Puls

Vom Licht
das mir den Schädel gespaltet
und das Herz
und
von Schatten
die ihre Lippen legten
auf alle Wunden

Vom Meer
das mich verlassen wird
nach sechs Tagen und Nächten

Gesammelt habe ich
woraus ich
sein könnte
mitten im Utopischen

26. August. Für einen Tag nach Perpignan. Weiland Königreich Mallorca, einige Jahrzehnte sogar die Hauptstadt. Mitten in der Altstadt das Castillet, fleischroter Stein, ausgebaut zur Zitadelle. Ein Drohbau mit niederer Stirn, dahinter gestaut die Gedanken eines Raubtiers. Blicke aus verborgenen Augenwinkeln herab. Ihnen widerstehen. Die Sonnenpeitsche aber treibt mich in den tiefsten Schatten. In die Kathedrale Saint Jean. So wenige Schritte nur bis ins Innere der Erde. Geschwärzte Pfeiler und darüber das braune gotische Gewölbe. In Nischen wuchern Goldadern aus wuchtigen Altären, die wie Steinbruch aufgetürmt sind. An den Wänden der Staub morscher Gemälde und erloschene Fresken. Aus Fenstern fallen Lichtblöcke wie trüb beleuchtete Schächte ins Dunkel. In die brennenden Altarkerzen stürzen sich zuckende Salamander. Der Stein atmet den Weihrauch aus. Ich bin hinabgestiegen in Gaias Leib. In die honigbraune Höhle ihres Leibes. Ihre Hand ist erdrauh, ihre Berührung lehmkühl. Ihr Geheimnis ist ein Schädellächeln.

Leucate, Abend. Abschied vom Meer. Der Himmel hängt schwer herab; keine Sterne. Draußen hinter dem Horizont der unbestimmte Sehnsuchtsort. Manchmal leuchtet über dem Wasser für einen Augenblick eine kleine silberne Insel auf. Zwiesprache: Sand verrinnt mir zwischen den Fingern.

27. August. Von Leucate Plage bis Carcassonne.

Die Sonne bleibt verdeckt. Das Land verliert an Glanz und Kraft. Ich trage das Leuchten und Brennen in mir fort. Meine

Fahrtrichtung ändert sich: westwärts. Fahrt gegen stürmischen Wind.

Carcassonne. Über die Hügelkante gestreckt die Silhouette der mittelalterlichen Cité. Schwebende Insel (aus *Gullivers Reisen*).

Abend. In der Enge der jüngeren Ville Basse (Unterstadt). Die Gassen atmen wie erstickende Fische. Niedere Häuser, der Geruch ihrer Auflösung. Später wieder von der Ebene aus der Blick auf die Hügel. Über einem gezackten schwarzen Wall der Mond.

28. August. Carcassonne. Hinauf in die Cité (Oberstadt). Durch das Tor, über dem die Büste der Dame Carcas wacht, das Gesicht flach verwittert, der steinerne Busen üppig. (Sagenhafte Retterin der Stadt während einer Belagerung.) Rundgang um die ganze Anlage, zwischen der äußeren und der inneren Mauerkette. Ich fühle mich wie in einer riesigen Falle, aus der kein Entkommen möglich ist. Gewirr und Vielfalt der Türme, Schießscharten, Wehrgänge, Mauerbögen. Welch krude Phantasie, aber gegen Ihresgleichen gerichtet, ist hier zu Stein geworden. Passend: Die Kirche Saint Nazaire ist rundum bewohnt von einem Volk schriller und hämischer Chimären, die auf Regen warten. Keifende Weiber, babylonische Fratzen. Besonders wilde Kragsteine dann im Steinmuseum, im Grafenschloss. Nirgends ein Stück zum Anfreunden. Am Rand noch ein hässlicher Friedhof; protzige Mausoleen, bedeckt mit Namenstafeln, Drahtrosetten, Papierblumen.

29. August. Fahrt von Carcassonne bis Pau.

Westwärts. Regen den ganzen Tag. Er sperrt den Reisenden ein, verbannt ihn in die Spur der Straße. Als einzige Farbe glänzt das nasse Grün. Ich fahre durch, verzichte auf Toulouse, Montréjeau und Tarbes. Am Abend das Zelt in einer versumpften Wiese aufgebaut. Leichtsinnig, im Auto auf offener Spiritusflamme eine Suppe zu wärmen? Dabei ein wundervolles „Ich bin hier. Jetzt"-Gefühl. Kein sentimentaler Blick zurück ins Mediterrane. Denn im Regen bin ich seit jeher aufgeblüht.

30. August. Von Pau nach Bayonne und Biarritz.

Bayonne. Ankunft bei mäßigerem Regen, die Stadt liegt hell unter einem silbergrauen Himmel. Ich fühle mich frei für neue Orte. Von der Stadt weiß ich den Namen und das Attribut „baskisch", ohne Vorausbilder. Darum zuerst ins Musée Basque. Eine Stunde zwischen Möbeln, Gerät, Gemälden, alles eher bäuerlich, gutsherrlich; die bestimmende Farbe dunkelbraun. Eine große Sammlung von Reisestöcken: die Makhila, mit eingebautem Stilett, jede nach Vorschrift aus siebzehn Einzelteilen gefertigt. Izarra: ein Likör altgoldfarben in bizarren Flaschen. Ein Saal zu Pelota: Weiß gekleidete Spieler schlagen mit einem Korb, der die hohle Hand verlängert, einen Ball gegen eine hohe Mauer. Ich kaufe, was mir am fremdesten vorkommt: ein Wörterbuch Französisch-Baskisch. Das Buch beginnt mit den gebräuchlichsten Hauptwörtern: Les noms les plus usités = Maizenik aiphatzen diren gauzen izenak.

Nach dem Regen an den Kais des Adour. Auf der Kaimauer sitzen die Angler, im Schatten großer Schiffe. Kleine silberne Fische ersticken auf dem schwarzen Asphalt, und die größeren, die sich noch heftig winden, in den Matchsäcken. Die Angler überwiegend Kinder oder Jugendliche; ich habe das Gefühl, dass sie mit Lust an der Grausamkeit tätig sind.

Über den Boulevard. Die Plätze vor den Cafés besetzt. Im Marché d'Occassion lustlos dreinschauende Verkäuferinnen. Eine Kundenschlange vor dem Kiosk der Lotterie Nationale. Das süßschwere Parfum, das einer vor mir gehenden Dame hinterher weht. Wo läuft die Grenze zwischen sinnvoller und sinnleerer Existenz? Eine Frage wie der Blitz aus heiterem Himmel. Die Antwort auch abhängig von den Orten?

Straße nach Biarritz. Mein erster Blick auf den Ozean, der zu kochen scheint.

31. August. Biarritz. Regen (baskisch: uri). Ich sitze im Auto, auf dem Zeltplatz mit dem himmlischen Namen *Chambre d'Amour*, und versuche zu schreiben. Zur Ablenkung: Kassensturz. Mit meiner Tagesration von zehn Francs komme ich aus; die Reserve, fünfzig Francs, ist unberührt. Endlich hört der Regen auf.

Gegen Mittag zum Strand (La Grande Plage). Der Sandstreifen schmal, dahinter ein weißer Schachtelbau: das Casino. Fortsetzung: Hotelszenerie, alles regennass und noch leicht vernebelt. Die Wirklichkeit, das ist der brüllende Ozean. (Ich habe noch kein Meer so gehört und kein anderes Attribut zur Hand.)

Gut, dass der Strand menschenleer ist. Der Wind treibt feinen Nebel aus der Brandung ans Land. Erste Begegnung: ein großer toter Fisch, den die Flut zurückließ. Neben ihm einige Flaschen, besetzt mit dichten Büscheln herzförmiger Muscheln, wie Knospen einer Blume; aber sie machen das Glas zum Panzertier. Äste und Gestrüpp von schwarzem Treibholz. Noch mehr Beutestücke für Strandgänger: Zerbrochene Flaschen. Eine rätselhafte Menge verstreuter Glühbirnen. Kaputtes Spielzeug, Ölkanister, Korkstücke, brauner und schwarzer Tang. Das rosa Bein einer Puppe. Eine tote, gesichtslose Katze mit dickem Bauch. – Weiter durch Dünen, in denen einige offene Bunker aus der Zeit des Atlantikwalls liegen; aus dem Beton ragen Eisenstäbe, die wie Holz vermodern. Zum Leuchtturm. Felsenküste. Ins Meer ragt brauner Felsbruch wie eine Anhäufung zerbrochener Boote (Rocher de la Vierge). Draußen, jenseits der Brandung, wird der Ozean unter der Berührung der Sonne zu zähem, flüssigem Silber. Wellen nähern sich dem Land als Horde heller Reiter, die sich zu nichts auflöst.

Mit versalzten Lippen komme ich zur Promenade. Hotels und Villen aus den besseren Tagen eines Felix Krull. Vom Caféhaus her Salonmusik; Teatime. „Deine Lippen, die küssen so heiß…“

1. September. Sonntag. Von Biarritz nach Bordeaux. Fahrt durch feuchtes, saftiges Grün.

2. September. Bordeaux. Ich lasse mich durch die Stadt treiben, den Tag lang.

In einem Gärtchen an der Kathedrale Saint André die traurige Chimäre. Inmitten eines Steinhaufens, zwischen Gesimstrümmern und Giebelbruch steht sie aufrecht, mit gestrecktem Hals, die Fäuste an die schmalen Schultern gepresst, geschwärzt vom Regen und struppigen Moos. Der Mund nach vorne geschoben zum Klagelied. Unerreichbar für tröstende Berührung, hinter einem hohen Gitter.

3. September. Von Bordeaux nach Royan und Saint Palais sur Mer.

Nordwärts, eine Zeit lang auf der Route Nationale, die durch die gewöhnlichsten sinnverlassenen Kleinstädte führt. (Ja, Sinnlosigkeit hat ihre typischen Orte.) Ich biege ab auf schmale Wege, durch Weinfelder am Rande der Gironde. Der Mittag hängt mit jener Müdigkeit über dem Land, die von erschöpftem Sommer und naher Reife redet. (Für „den Süden" kann ich mir diese Art Elegie nicht vorstellen.)

Der Zeltplatz kurz nach Royan, bei Saint Palais, *Puits de L'Auture*, in einem Kiefernwäldchen. Auch hier keine störende Nachbarschaft. Ich will einige Tage bleiben und den Ozean ebenso erfahren, mit allen Qualen der Unsagbarkeit, des Wörtermangels, wie ich zuvor das Licht, die Steine und die in ihnen aufgefangene Zeit erfahren hatte. Wo wäre zu bleiben, wenn ein Leben dadurch sinnvoll würde, dass es sich einer Landschaft oder sogar nur einem Ort, einem Punkt überlässt?

Abend. Küstenstraße; einige Bars, Souvenirstände und übriggebliebene Bunker. Bei den Anglern auf einer Klippe. Sie schwingen die Angelrute, werfen die Schnüre aus. Was bedeutet es, auf diese Weise Fische zu jagen? Wirklich bloß um des Abendessens willen? Windstille; der Ozean uralt mit dunkelgrüner, faltiger Lederhaut. Mit breiten Lippen tastet er den schwarzen Fels ab. Von hier aus ein schmaler goldener Weg auf dem Wasser. Er zerfließt zu rotem, zuckendem Licht.

Eine sechseckige Sonne löst sich auf im Dunststreif des Horizonts.

4. September. Saint Palais. Vormittag; der Betrieb auf dem breiten Rücken eines Korallenstocks.

Zwei Kräne stehen am Rand, zum Meer hin: stiernackige Ungeheuer auf langen Spinnenbeinen. Maschinen des Fischfangs. Eine von ihnen lässt ein großes, quadratisches Netz auf und nieder schweben. Das hochgezogene Netz ist ein Trichter, in dem silberne Fische zappeln; sie werden mit einem Käscher, wie Schmetterlinge, aufgesammelt. Kleinere Fische hängen in den Netzmaschen, ersticken; eine schicksalhafte Art, das Fangmonster zu blamieren.

Mitten im Korallenfels ein Loch: ein Schacht hinunter ins Meer. Hier versenken Krabbenfischer ihre Körbe, die mit Steinen beschwert sind und behangen mit Ködern: das halb abgenagte Skelett eines platten, katzengesichtigen Fisches, oder grün angelaufene Krebse, an Schnüren aufgereiht. In den hochgezogenen Körben liegen durchsichtige Crevettes mit langen Fühlern, dazwischen unförmige Muscheln, auf denen rote Korallenkrater brennen. Am Rand der Klippe ein glückloser alter Fischer, der vier Körbe bedient, mit anschwellendem Zorn läuft er zwischen ihnen hin und her: „Je n'ai pas le moindre."

Nachmittag am Strand. La Côte Sauvage. Ich laufe im losen Sand zwischen wild durcheinandergeworfenem Treibholz, das mit gekrümmten Baumstämmen, drohend aufgerichteten und zerspreißelten Ästen, Gesplittertem und Verfilztem einen imaginären Feind abzuwehren versucht. Das Licht ist silbern, die Sonne glüht zugleich kalt. Kein Flammentanz, eher die Ruhe einer Metallscheibe. – Natur, gegen die ich nichts aufzubieten habe.

5. September. Saint Palais. Zuerst auf dem Korallenfelsen. Das Meer heute unbestimmt braun, zwischendurch ausgedehnte Wolkenschatten blauschwarz.

Mittag am Strand. In der Brandung liegend: ein Bewusstsein davon, dass die Erde sich dreht. Einsetzende Flut; ich spüre, wie unter mir das Land sich auflöst, zurückweicht. Ich würde, liegenbleibend, dem Meer verfallen. – Rückzug in die Dünen. Der trockene, warme Sand, von ihm lasse ich mich einhüllen. Umarmen.

6. September. Zum Einkaufen nach Royan. Eine Neubaustadt. Die Kirche Notre Dame aus Beton, wie ein Stück Skelett aus einem Riesenfisch. Die Häuser zu jung und glatt, um mehr zu sein als bloß Kulisse oder Attrappe. Wirklicher ist der Hafen mit Fähre und Fischerbooten: es riecht, bei Ebbe, nach Schlamm, Brackwasser, Dieselöl.

Das Meer heute farblos unter einem dicht wolkenbedeckten Himmel. Auf dem Korallenfelsen. Stunde der haut temps, darum haben die Krabbenfischer den Platz verlassen. Der Schacht im Felsstock ist mit aufkochendem Wasser gefüllt. Weiter zu den Dünen, die flach erscheinen, abgekühlt sind und durch nichts locken. Ich überlege, ob ich in Saint Palais eine Zeitung oder Illustrierte kaufen soll. Es wäre das erste Mal auf dieser Reise. Kapitulation vor einem leeren Nachmittag? Aber wenn ein Stück Tag wirklich leer ist (vielleicht bin nur ich jetzt zu unaufmerksam), dann sollte ich es aushalten. Ohne in einen Tagtraum zu flüchten, und erst recht nicht in einen fremden, nicht hierher gehörenden Text. – Beim Schreiben allerdings spüre ich, dass ich sprachlich zu verarmen beginne, nach einem Monat ohne Bücher.

Die Nacht fängt gegen neun Uhr an, ich laufe an der menschenleeren Uferstraße ins Dorf. Noch immer diese Sucht des Nachtgangs. Hinter dem Wunderbaren her? Das wäre zum Beispiel eine Sternschnuppe. Was über dem Meer aufblinkt, sind nähere und fernere Leuchtfeuer. Im Ort ruft eine schrille Glocke zur Kinovorstellung. Eine Schießbude, einige Spielautomaten; umlagert von Halbwüchsigen. Rückweg, dem Mond entgegen, einem angenagten Kokoskeks.

7. September. Saint Palais. Auf dem Felsen. Am Strand. Durch lichten Kiefernwald, in dem es einen eigenen Reitweg gibt.

Nahe am Horizont verweht die Sonne. Der Ozean hat seine Tagesmasken abgelegt. Unendlichkeit zieht auf, treibt vom Meer heran. Nichts um mich, was ihr entgegenzusetzen wäre. Keine angesammelte, in den Dingen aufbewahrte Zeit. Keine Endlichkeit. Außer meiner eigenen, pulsierenden.

8. September. Sonntagvormittag auf dem Markt von Saint Palais. Sonnenschein und Gedränge. Der Geruch nach gebratenem Fisch, reifen Melonen, Zuckerwatte; dazu die Musik aus dem Kinderkarussell. Körbe voll Austern. Rot gesottene Krabben. – Triumphiert über den Ozean, wer ein Stück Fisch verschlingt?

Nachmittag im Liegestuhl vor dem Zelt. Spielereien mit baskischen Wörtern. Abreise morgen früh.

9. September. Nach Nordosten. Poitiers, Tours, bis Château-du-Loire (nahe Tours).

Nichts außer einer langen Fahrt. Das Unterwegssein: auch eine Art der Erfüllung.

10. September. Über Amboise und Blois bis Vendôme.

Die Grenze zum Nichts ist weit (hinter mir). Das Sein schmiegt sich ans Landesinnere; ein Rückzugsgebiet. – Fast bis Mittag bleibe ich in Château-du-Loire, zur Umstimmung, die eher unausweichlich ist, als dass ich sie herbeigewünscht hätte. Erstes Bild: Die große, rostige Rosette eines Mühlrads, das im stillgestauten Wasser erstarrt ist. Weiterfahrt im Tal der Loire. Die Landschaft „leicht gewellt, jedoch ziemlich malerisch" („légèrement andulé, mais assez pittoresque"); so lobt ein Prospekt. Ich fahre durch Dörfer, die Häuser in abgenutztem Weiß, mit schwarzen Dächern. Vorbei an Wiesen, die eingesäumt sind von Brombeersträuchern mit roten bis schwarzen Früchten. Dahinter Hügel mit Waldstücken, auf denen ein gelber oder rötlicher Schimmer liegt. Der Himmel durchsichtig verschleiert. Zwischendurch Weinfelder und einzelne Häuser, über die wilder Wein wie ein Schatten fällt oder aufflammt wie ein Brand, der nach den Steinen greift. Helle Kühe und braunschwarze Ziegen. Alleen aus Apfelbäumen, reif zum Ernten. Ein Bauer lenkt einen hohen zweirädrigen Karren, gezogen von einem grauen Pferd. Über allem liegt eine Müdigkeit, die mit Auflösung lockt: wie wohlig in ihr doch zu versinken wäre.

Nachmittag in Amboise; Rundgang durch das Städtchen, Renaissancegrau, und um das Schloss herum. Weiter nach Blois; Spaziergang durch einen langgestreckten Park (Jardins de l'Ancien Evêché). Ich könnte in eine andere, neue Reise hinein geraten. Statt dessen verlasse ich das Flusstal.

In der Abenddämmerung nach Vendôme. Durch flaches Land. Aus abgeernteten Äckern steigen Rauchsäulen auf. Der Geruch von schwelendem Stroh und feuchten Wiesen. Dazwischen Felder voll Sonnenblumen mit verbrannten Gesichtern. Der Himmel bleischwer und reglos („ein toter Fisch" notiere ich dazu und streiche die drei Wörter wieder). Hier bin ich der Wirklichkeit näher als in der feudalistischen Pittoreske.

11. September. Von Vendôme über Chartre bis Paris.

Chartre. Vor der Kathedrale Notre Dame. Was für eine Szenerie aus Mauern und Bögen. Bizarr, wie die Stützwerke den breiten Korpus zusammenhalten müssen. Doch eigentlich zieht mich das Portail Royal an. Die gestreckten, übermäßig in die Länge gezogenen Statuen. Der jungen Gotik angepasst, sind sie vertikale Neuschöpfungen des Menschen. Schlank bis an den Rand der Unkörperlichkeit. Behangen mit Gewändern, die schwer auf den angedeuteten Schultern lasten und in streng gekämmten Falten herabfallen. Überwiegend junge Gesichter.

Steine, die existieren. Doch anders als im Süden. Etwas fehlt ihnen. Die Strahlung. Der Unterschied, theologisch erklärt: Antike Steine waren alltäglich den Göttern begegnet. Die christlichen Steinbilder entstanden nach Gottes Abflug.

Trüber, verregneter Nachmittag, an dem ich, von Versailles her, den Rand von Paris erreiche.

12. September. Paris. Mit der Metro bis zum Bois de Boulogne.

Ich werde Wege gehen, auf denen ich bisher nur literarische Figuren und Autobiografen begleitet habe. Die ersten reifen Kastanien in diesem Jahr: aufheben, ihre Glätte in der Hand spüren, als etwas Schönes mitnehmen.

Im Mittagsdunst der Arc de Triomphe. Der blaue Schatten des Eiffelturms. Vom Pont d'Iéna freie Sicht über die halbe Stadt hinweg zum Gespenst Sacré Coeur. So viel Selbstverständlichkeit in den Ansichten; ich bin nicht sicher, ob ich diese Dinge sehe oder die Abbilder, die ich im Kopf mitgebracht habe. Egal; auch meine anfängliche Neugierde hat sich in selbstverständliches Dahinflanieren verwandelt. An der Seine entlang. Träge Schlepper und helle Ausflugsboote. Auf der Kaimauer liegen Sonnensüchtige in Badehose und Bikini. Plötzlich bin ich auf den Champs Elysées, aus irgendwelchen Gedanken zurückkehrend, die schon wieder verwehen. Es macht mich gar nicht unglücklich, dass mir eigene Sätze fehlen. Ich treibe im Text der Stadt. Über den Pont Alexandre III zum Quai d'Orsay, Zickzack hin und her über den Fluss. Dem Louvre gegenüber beginnt die Straße der Bouquinisten. Ihre grünen Kästen stehen auf der Ufermauer. Bücher, Landkarten, Daumiers Justizkarikaturen, Blätter mit Kirchenliedern, Militariakrempel. Händlertypologie: rollende Matronen oder schwindsüchtig dürre Männchen. Auf der Ile Saint Louis; Notre Dame zweimal umrundet. Ein Fetzchen Paris trüge ich gern mit mir fort, Beutestück, 2 Francs darf es kosten. Seit Mittag spiele ich „Mann mit den letzten 2 Francs in der Tasche", jetzt zum sechsten Mal bei dem matronenrunden Monsieur Bouquinist. Ich nehme und er wundert sich doch, *L'Assiette au Beurre*, satirische Zeitschrift von 1908, über *La Question d'Orient*. Den Flaneur schmückt, dass er Papierenes bei sich trägt. In der Abenddämmerung will ich hinauf nach

Montmartre. Aber wozu, und die Füße tun mir weh, der Rückweg zur Metro ist weit genug.

13. September. Montmartre am Vormittag. Es ist Freitag, in den Fischläden lebhafter Betrieb. Zur trüben Mittagsstunde verlasse ich die Stadt, Richtung Nancy. Bis zur Grenze sind es knapp 500 Kilometer. Morgen früh will ich dort ankommen.

14. September. Auf einem Parkplatz im Auto geschlafen, von Mitternacht bis gegen drei Uhr. Im Morgengrauen durch einen Park, den Dämmerlicht und Frühdunst starr machen. Der Heimweg aus einem Fest.

*****

1. Oktober 1963 – Die („ewige", könnte Nietzsche sagen) Wiederkehr schon gelöster oder bloß vergessener Fragen. Aktuell: Ist das Leben zu spielen – oder sollte einer sich dem Leben ausliefern? (Orte immerhin gibt es, denen ich mich ausliefern könnte. Um etwas von ihnen aufzusaugen; mit mir zu tragen. Eine Kommunion.)

3. Oktober 1963 – Gestern mit Rainer H. in den Kammerspielen; Diderot, *Rameaus Neffe*. Zwei-Personen-Stück, und mein freundlicher Begleiter weist mir die Rolle des gestrengen, etwas steif auftretenden Philosophen zu. Ich protestiere: Ich will den Neffen spielen, dem Diderot zum eigenen Missvergnügen immer wieder in die Arme läuft. Ein locker aufgemachter, leider (jedoch mit Grazie) anhaltend bankrotter Lebenskünstler.

11. Oktober 1963 – Abendgesellschaft. Die Auflösung der Gesichter zu später Stunde. Wechsel der Farbe, mehr noch der

Formen: Falten, Gebirge, zerfließendes Fleisch, brodelnder Schlamm, ein zerplatzender Mond. Zuletzt Erschlaffung; Leere. Der Blick läuft nicht mehr hinter den Worten her oder einem gesprochenen Satz entgegen; die Gesichter nicht einmal erschöpft, nur jedem Ausdruck entglitten. Zeit zum Gehen.

15. Oktober 1963 – Der stud. jur., mit einem Bein in oder halbem Kopf bei den öffentlichen Angelegenheiten. Also notiere ich: Adenauers Rücktritt. Ein politischer Sonnenaufgang? Schau dir den bleibenden Rest an. Es geht auf November zu. – Das *Kabarett von unten* renoviert sich für den Winterbetrieb.

20. Oktober 1963 – Der Champignonesser. Den kleinen Pilz im Mund, zwischen Lippen und Zähnen, die Zungenspitze tastet seine glatte Außenseite ab, führt ihn in die Mundhöhle, dringt ein zwischen Kappe und kurzem Stiel, erobert den Geschmack, legt ihn bloß, ein saugendes Zusammenziehen der Wangen, die Zungenspitze im Inneren des Pilzes, ein erster Biss, Zerbeißen, zurückbleibt ein Mund voll säuerlicher Erde, Moos, Aroma alter feuchter Mauern.

27. Oktober 1963 – Ein Wiederlesen: Karlheinz Deschner, *Kitsch, Konvention und Kunst.* Das Buch ist aufregender und ich verstehe es besser als vor zwei Jahren. Allem voran das Maß der Literatur, das sich mir nun bei jeder Gelegenheit an den Kopf wirft: „Nicht was dargestellt ist, entscheidet über Wert und Unwert eines Kunstwerkes, sondern wie es dargestellt ist." – Dem Siebzehnjährigen *konnte* es allein auf das Was ankommen. Der Zwanzigjährige war darin wenig fortgeschrittener, immerhin fing er an, zu erkennen, dass Wörter, Sprachbilder, Ausdrucksweisen der Weg zu den Dingen sind. Jetzt bin ich nicht mehr so eingesperrt in den Welt-Käfig, ich kann mit dem Welt-Stoff freier (freihändig) umgehen. Ich habe oft genug erlebt, dass die Welt sich meinen Sätzen fügt. Sätze als Gussform für die Welt des Satzschreibers. Auch wo Ungesagtes, schmerzend

Unsagbares übrigbleibt, *sind* erreichte Weltstücke jetzt gerade so wie in den Bildern, die ich mir davon gemacht (erschrieben) habe. So und nicht anders sind (waren) Les Baux, Arles, der Ozean. Vielmehr: Sie sind auch anders, aber davon *habe* ich jetzt nichts.

28. Oktober 1963 – Deschner: „Die Substanz ist nicht das Entscheidende im schöpferischen Prozess, sondern das Verströmen der Substanz in die Gestaltung, die Überführung von Seele in Struktur. Die Substanz ist bloß Voraussetzung." – Meine Seele zu Kunstwerken verwandeln, nach außen wenden, zum Ausdruck bringen. Sie soll nicht unvermittelt reden, rufen, klagen, jubeln, sondern in „Gestaltung". So dass sie das Interesse von Literaten und Lesern an sich zieht. Als druckwürdig erscheint. Als wert, aufbewahrt zu werden in Bibliotheken. Ein Lebensziel?? Der Literat lebt, um auf Papier zu überleben. (Aber ich will auch außerdem leben.)

31. Oktober 1963 – „Seelenverkäufer!" Zwischenruf eines Spießers. Gönnt ihm sein Sichgrausen. Aber wer Kunst macht, probiert in den Werken Möglichkeiten aus: Dies oder jenes könnte ich sein (oder auch nicht). Die Seele entsteht werktätig; im Werk.

1. November 1963 – Versuchung, ein großes Stück Literatur anzufangen; einen Roman. Ich widerstehe, werde in den nächsten Monaten bei der Kleinkunst bleiben. Und, wie gewohnt, in Parallelen leben. Eine der Strecken meines Studiums soll ans gehörige Ziel führen. Martin Sorge nickt mir wohlwollend zu: Sie sind ja ganz schön vernünftig, wenn es sein muss.

2. November 1963 – „Mit einem Bein in den öffentlichen Angelegenheiten", habe ich notiert. Um es nicht zu vergessen? (Knoten im Taschentuch.) Dann muss auch notiert werden (aber ich würde es ohnehin nicht vergessen): Die andere Seite

der Welt, des Lebens, aus Philosophie und Kunst gebaut, ist das Wesentliche. Der Republikaner: eine Rolle. Das Literarische: eine Lebensform. Das Recht: Mustersammlung der konformen Äußerlichkeiten. Literatur: Einheit von Wort und Existenz. Das Wort wird täglich neu zum Fleisch des Schreibenden. – Aber auch seine Unsagbarkeiten werden an ihm zu Fleisch.

3. November 1963 – In den November geschrieben: Am meisten vielleicht / Bin ich / Was mir fehlt.

5. Dezember 1963 – Das Kabarettprogramm geht weiter. Heute beim AStA in Erlangen. Am 16. Dezember beim AStA des Ohm-Poly-Technikums in Nürnberg. – Nachtrag: Die Nürnberger Zeitung (NZ 17. 12., die schnellste Besprechung, die wir je bekamen, dreizehn Zeilen) gönnt uns den „begeisterten Applaus“, bedauert aber, dass wir nicht auch „die Menschen betroffen gemacht“ haben.

21. Dezember 1963 – Am Mittwoch (18. 12.) Jahres-Finale des Kabaretts in Würzburg; Studentenhaus. Der Rezensent der Main-Post fand die Sache „pointiert und gekonnt“ und hatte einen „vergnüglichen Abend“. Wie viele Jahre Fegefeuer ihm das einbringen wird? Sein Kollege vom Fränkischen Volksblatt, der mit der katholischen Keule, mag es ihm vorrechnen. Dieser wahre Fromme beklagt nicht nur, was auf der Bühne „in kindischer Dummheit verbrochen“ wurde, überwiegend „Einfalt und Bosheit“, sondern bedauert auch das Publikum, das „sich alles gefallen ließ“. Das Publikum haben wir zum Rasen gebracht, und wir sind scheiterhaufenreif nach rechtgläubiger Pressemeinung. Besser konnte für die von unten das Jahr wahrlich nicht ausgehen.

30. Dezember 1963 – Utopie: In Gesprächen wohnen. Eine Mansarde aus Wörtern. Behausung aus Sätzen und Stimmen. Der Umgang mit den Begriffen behutsam, wie mit etwas Zer-

brechlichem. Auch zueinander sind die Sprechenden recht aufmerksam.

31. Dezember 1963 – Über die Wirklichkeit leibhaftiger Gespräche:

Sätze stehen im Raum, fremde Körper. Sie erreichen mich nicht; keine Berührung. Ich denke nicht, was sie sagen. Nur einzelne Wörter dringen bis zu mir vor. Fallen in mich ein: Einfälle werden daraus.

Während ich spreche: In mir sind noch andere Sätze; zurückgehalten. Meine Antworten sind Reflexe gegen Wörter, die auf mich trafen. Sie wehren ab. Sie entgegnen mit Masken. Meine Sätze bleiben in mir, während ich Laute abstoße. Alles Verschwiegene ist mir ähnlicher als das, was ich ausspreche.

Dagegen Augenblicke, da aus wortloser Zwiesprache Einverständnis aufsteigt. Beim Berühren eines Steines, Mittags im August.

1964

2. Januar 1964 – Die Selbstbeschau zu Jahresanfang. Da sie aufeinander losgelassen, enger Mensch und weites Jahr. Vor diesem Spiegel steht er und sucht sich in der endlosen Ebene. Zu endlos noch für einen Horizont. Er kann sich nicht entdecken, nur hineindenken in diese Weite. Die Grammatik einstellen: Ich werde...

6. Januar 1964 – Kabarett-Konferenz. Wir beginnen mit der Arbeit am zweiten Programm. Premiere noch im Juni, spätestens Anfang Juli. Proben ab April. Schon ist das Jahr enger gemacht.

11. Februar 1964 – Faschingsdienstag. Die *von unten* treten in Fürth auf. Im überfüllten Berolzheimerianum. – Nachtrag, aus Besprechungen: „fröhlich-geistvoller Faschingsausklang", „begeisterter Schlussbeifall". Ideal: Da waren die Umstände, die das Programm zum Kochen brachten.

12. Februar 1964 - Am Telefon eine unbekannte Stimme. Aber ich hatte die richtige Nummer gewählt. Eine Erleuchtung: Jetzt nicht aufhören! Nach ein paar Minuten weiß ich, die Sprecherin hat heute Geburtstag. Eine halbe Stunde später bin ich zum Gratulieren bei ihr, mit einem Nelkenstrauß (mehr gibt der Blumenautomat an der Messehalle nicht her). Verabredung: Nächste Woche zusammen ins Theater.

20. Februar 1964 – Die Komödie aus Israel (*Der Trauschein*) mittelmäßig. Nach der Vorstellung im *Posthorn*. Wir sitzen an der Bar; erzählen. Ihre linke Hand auf meinem Knie. Auf zwei

Wegen strömen wir einander entgegen: wörtlich, und durch Fingerspitzen.

25. Februar 1964 – Das *Kabarett von unten* in den Kammerspielen. Noch höher hinaus wäre unmöglich. Also der Schlusspunkt für unser erstes Programm. Zur Finalefeier schenkt U mir einen kugeligen Kaktus.

30. April 1964 – Ins Sommersemester wenigstens einen Geistesblitz einplanen: Lorenzen, Geschichte der exakten Wissenschaften im Abendland. Der Rest: Jura-Paukerei. Der Trost-Satz eines Assistenten aus dem Seminar: „Nach dem Examen werden Sie anfangen, Jura sogar zu verstehen."

8. Juli 1964 – Premiere des zweiten Programms: *Schädel? Basis? Bruch!* Wieder im Erlanger *strohhalm.*

11. September 1964 – München. Die Schwabinger Woche. Theater an der Leopoldstraße. Was niemand außer den Akteuren weiß: Die *von unten* treten heute zum letzten Mal auf. Schwanengesang. Also werden wir so schön singen wie nie.

19. September 1964 – U&W. Überlisten den Blitz des Zeus.

1965

März. Der Autor (A). Martin Sorge (S).

S: Ich gratuliere Ihnen zur Hochzeit. Und zum Staatsexamen.
A: Das ist sehr freundlich von Ihnen, Martin Sorge. Danke.
S: Oh, Sie haben Ihren Stil verbessert. Ich meine: in der Anrede. Aber warum haben Sie mich von Anfang an maskulin fixiert? Eigentlich heißt es doch cura, die Sorge. Und: „Die Sorge geht über den Fluss."
A: Das Weibliche kommt mir nicht als Elendsgestalt in den Sinn. Sondern als Fortuna. Oder Botticellis *Primavera.*
S (gekränkt): Elendsgestalt. Da höre ich meinen alten Autor wieder.
A: Sie wissen, dass Sie Heideggers Besorger sind, nichts sonst.
S: Der nützliche Kerl, an den Sie sich jetzt erinnern. Was wollen Sie auf mich abschieben?
A: Nichts Bestimmtes. Aber: Ich habe so viel gewonnen im vergangenen Jahr...
S: ...und jetzt fürchten Sie, etwas davon wieder zu verlieren.
A: Töricht, nicht wahr?
S: Nein. Wir sind so, weil wir „zum Tode" sind. Haben etwa Sie den Heidegger vergessen?
A: Leider noch nicht. Deshalb werden Sie mir alles abnehmen, was mit Ende, Finis, Finale, Vergehen zu tun hat. Ich bekomme den Sinn frei.
S: Wofür?
A: Für die Liebe.
S: Und was machen Sie tagsüber?
A (scharfer Ordnungsruf): Herr Sorge!!

S: Schon gut, ich werde funktionieren, wie mein Autor es verlangt.

A: Um Ihre Neugierde zu stillen: Ich werde schreiben.

S: Eine echte Überraschung. – Grafomanie ist eine Krankheit. Schreibsucht.

A: Vor der ich mich nicht fürchte.

S: Was schreiben Sie? Außer einer Doktorarbeit?

A: Kabaretttexte. Philosophische Dialoge. Vielleicht einen Traktat.

S: Ihr Kabarett ist doch eingegangen.

A: Ich schreibe für Blomes *Hintertreppe*.

S: Philosophische Dialoge?

A: Dafür werde ich Sie heraufbeschwören.

S: Ich hasse Heidegger.

1966

Januar. Der christdemokratische Kanzler hat die Wahl im vorigen Herbst gewonnen. Auf klassisch schwindelhafte Weise: mit Geschenken an das Volk, die nach dem Wahlsieg wieder eingesammelt wurden. Begründung: Die wirtschaftliche Lage habe sich unerwartet verschlechtert, die versprochenen Leistungen seien nicht bezahlbar. Der Kanzler, bis dahin „Vater des Wirtschaftswunders“ und eine Idolfigur der Volksmehrheit, stellte sein Rezept gegen die Krise vor: einen Umbau der Gesellschaft. Die (wieder?) zur „formierten“ werden müsse:

„In der formierten Gesellschaft wird jede Gruppe in neuer Weise, jedoch mit der Tradition verknüpft, in den ihr zur unerlässlichen Ordnung vorbestimmten Platz eingefügt sein.“

Formierte Gesellschaft. Eine Spielart von Jedem das Seine? Jedenfalls Stoff für die *Hintertreppe.*

Formierte Gesellschaft

Monolog des Selektierers

Damen und Herren, keine Panik! Deutschland kommt wieder in Ordnung. Da hat endlich einer ein Stichwort gegeben: Formierte Gesellschaft. Wie diese Gesellschaft aussieht, verrät unser Sprechblasenkanzler nicht. Egal, Unsereiner weiß es. Und wir beraten die angeblich regierenden Herrschaften sowieso. Also herhören!
(Paukenschlag oder ein anderes Signal.)

Zuerst mal alle an die Rampe.
Dort wird grob vorsortiert.

Rechts – links – rechts – links.
Ein jeder seinem Haufen zugeteilt.
Hier tauglich zur Elite – dorthin der Rest. Das Volk.

Eine Gesellschaft formiert sich
nicht von selbst.
Selektion ist alles.
Societas selecta, kurz: SS.
Am Latein erkennt man uns
als Humanisten,
an der Abkürzung als Praktiker.

Die Auswahl ist komplizierter geworden.
Der bloße Augenschein genügt nicht: rechts – links,
er trifft die Vorentscheidung.
Nach rechts: der neue Führungsstand.
Die christlich abendländische Intelligenz
– erkennbar am Sitz der Frisur, am
menschenleeren Gesicht (die Muster S-, B-, H-*),
wird sie dennoch geprüft auf Eignung.
Am historischen Vorbild wird
die junge Führungskraft gemessen:
Männer von der Wissenschaftlichkeit des seligen
Alfred Rosenberg,
der Moralität eines Fouché,
dem toleranten Eifer eines Ignatius von Loyola,
der Humanität Machiavellis
und der musischen Begabung Adenauers.

---

* Im Original die Namen dreier weiland prominenter Politiker. Der Autor will endlich ein Mal wahr machen, was er sich bei späterer Gelegenheit ausgedacht hatte (in Erstes Hologramm, 1992, Bagatelle 651):
„Ein Vorschlag zur Verbesserung aller Verhältnisse: Man sperre die Weltgeschichte und die Geschichtsbücher für Politiker – wer ein Staatsamt übernimmt, verliert seinen Namen, trägt nur noch die Amtsbezeichnung, wird nicht gefilmt oder fotografiert, nirgends genannt oder abgebildet.“

Überhaupt:
Die Ordnung, die wir selektieren, ist naturgegeben.
Sie spiegelt sich in Gottes Welt, dem Universum wider.
So wie die Sonne sich dort um die Erde dreht,
Prediger Salomo Kapitel 1, Vers 5,
so dreht sich in der neuen Gesellschaft
der geringere Stand um den höheren.
Es dreht sich
die CDU um den Fraktionsvorsitzenden
und die katholischen Bischöfe drehen sich um die CDU
und die evangelischen Bischöfe drehen sich
um die katholischen Bischöfe
und um die Bischöfe drehen sich die christlichen Wähler
und um die christlichen Wähler die Wahlverlierer
und schon sind wir am Rande des Abschaums.

Glücklich preisen darf sich die Masse der kleinen Leute,
denn jeder Stand hat einen über sich zum Dienen,
einen unter sich zum Treten.
Mit Wohlwollen betrachtet von den Herrschenden
dreht sich die Kaste der Gefängnisaufseher,
und um die Gefängnisaufseher
drehen sich die Hausmeister
als Symbole braver Ordnung,
die nur dem Schutze des Ganzen dient,
und deshalb drehen sich
um die Hausmeister die Zivilschutzwarte
um die Zivilschutzwarte die Luftschutzwarte
um die Luftschutzwarte die Luftschutzhelfer,
und um die Luftschutzhelfer drehen sich
die Trümmerfrauen
und um die Trümmerfrauen drehen sich
die Pudel des deutschen Pudelclubs,
und um die Pudel drehen sich
die deutschen Fabrikarbeiter,

und um die deutschen Arbeiter
(denn auch sie sollen getröstet werden)
drehen sich die Fremdarbeiter
und damit sind wir ganz unten
dort drehen sich
die Kriegsdienstverweigerer, Ostermarschierer,
ein Rest von pluralistischem Gesindel,
der Schandfleck im kosmischen Prinzip.

Herrlich ist der Malstrom der neuen Nation,
und über allem steht der Spruch,
der ein Kanzlerwort sein könnte
aber deutsches Volksgut ist:
Arbeit macht frei.

*****

Mai. Die *Formierte* war Finale des 9. Programms der inzwischen zum „Anti-Kabarett" umgetauften *Hintertreppe.* Anti-Kabarett: weniger amüsant, mehr moralische Anstalt.

1967

Januar. Im Anfang: das Wort. Meine Weltformel noch immer. Für den Literaten ohnehin. Zum Juristen passt sie nicht minder. Das Recht begegnet ihm zu aller erst wörtlich. Als Gesetzestext. Aus dem er ein Urteil über einen Streitfall abzuleiten hat. Recht ist (würde Heidegger sagen) Gerede.

Das Wort als Anfang von allem und jedem: meine philosophische (erkenntnistheoretische) Prämisse. Ich werde versuchen, sie en bloc zu formulieren. Angeregt durch Wittgensteins *Tractatus*. Seine Form gefällt mir. Und aus seinem Inhalt kann ich den Widerpart herausholen.

Wittgenstein: Die Welt ist alles, was der Fall ist… (nämlich) die Gesamtheit der Tatsachen. (1 und 1.1) Wir machen uns Bilder der Tatsachen. (2.1) Der Satz ist ein Bild der Wirklichkeit. (4.01) Die Grenzen meiner Sprache bedeuten die Grenzen meiner Welt. (5.6) Wovon man nicht sprechen kann, darüber muss man schweigen. (7)

Zu Satz 5.6 sind wir uns einig. Gegen Satz 7 wehre ich mich trotzdem.

Ich füge zusammen, was sich in Notizen und ungeschrieben im Kopf angesammelt hat. Gewidmet dem *Tractatus*-Konstrukteur L.W.

Traktat Nummer Eins
Ein Fragment

Im Anfang sei die Tatsache. Mit ihr werde ich identisch. Sobald ich mich ihr unterwerfe. Indem ich sie ausspreche. Der Rest sei Schweigen.

Eine Landkarte für den Weg zur Wahrheit ist dies. Vermutlich eine falsche Landkarte. Was nicht gnadenlos schädlich sein muss. Denn, so tröstet uns die Logik: Aus dem Falschen folgt, was beliebt. Bei etwas Glück sogar das Richtige. Trotzdem: Beginnen wir lieber richtig.

Im Anfang ist das Wort. Mit Sätzen fangen wir die Welt ein. Nur was Sätze wissen und mitteilen, das erfahren und wissen auch wir. Sprechen können wir über alles, nur nicht immer auf gleiche Weise.

Der folgende Text hat einen Akteur: das Ich. Es ist ein philosophisches Ich. Gemeint ist nicht die Selbstanzeige eines Einzelnen. Vielmehr der sich reflektierende Geist, ein allgemeiner Akteur bei einer allgemeinen Arbeit. Sein philosophisch (und auch juristisch) gebräuchlicher Name lautet: Subjekt. Dieser Name ist von außen her gesprochen. Ich spricht zu sich und zu jedermann von innen her.

0.1 Im Anfang ist das Wort. Es braucht einen, der es findet oder erfindet und ausspricht.

0.2 Ich finde oder erfinde das Wort, bringe es in einen Satz, bringe Sätze zusammen. So, dass sie im Text zusammenpassen.

0.3 Ich spreche nicht nur, ich weiß auch davon.
Ich bin, und auch davon weiß ich.
Das Wissen des Ich um sich selbst ist der Sündenfall.
Sätze sprechen sich nicht aus, eigenmächtig, ich stelle

sie her. Beherrsche sie. Spiele sie gegeneinander aus. Was sich zwischen „Ich bin“ und das Wort schiebt, nenne ich „Freiheit“.

0.4 *Meine Wirklichkeit, das heißt: Meine Sätze.*
Die Landschaft des Ich überschauen. Von einem Mittelpunkt aus: Jetzt. Die Sprache ist mein Fernrohr.

0.5 Meine Sätze sind. Aber von ihnen verlange ich zugleich Sinn.
Sinn im Satz. Der woher kommen könnte, wenn nicht von außerhalb des Satzes?
Sinn, das heißt: Grund. Rechtfertigung. Ursache. Ziel. Ein unverletzlicher Ort. Gesellschaft als Sinnveranstalter.

0.6 *Ich bin nicht identisch mit meinen Sätzen.*
In jedem Satz liegt die Möglichkeit des Gegen-Satzes.
Sinn liegt im Ziel / im Weg.
Sinn entsteht aus Versöhnung und Einklang mit der Welt / Veränderung der Welt, Befreiung von ihr.
Sinn finden wie einen Ort / konstruieren wie einen Roman oder eine Maschine.

0.7 *Es gibt Augenblicke der Identität.*
Ich, identisch mit einem Satz oder Text: dies ist der Augenblick der Wahrheit. Er kann flüchtig sein. Oder erstarren und dann jahrelang, unabsehbar lang andauern.

0.8 Das Unsagbare hält mich in Unruhe. Also versuche ich, es anders zu sagen.

1.0 *Meine Wirklichkeit, das heißt: meine Sätze.*

1.1 Ich bin Sätze.
Jeder Satz ist Ich.
Der Satz ist der Weg meines Ich.
Ich bin auf dem Weg zu einem Satz: Ich bin auf dem Weg zu mir.
Ein Satz ist unterwegs zu mir: Ich werde.

1.11 Ich denke. Ich schreibe. Ich spreche. Ich wiederhole (damit es nicht in mir versickert).

1.2 Was außerhalb meiner Sätze ist, existiert (noch) nicht.

1.21 Aber ich sage: Welt existiert außerhalb meiner Sätze. Sie *ist*. Ist der Fall. Unabhängig von mir.

Ein Satz (oder vier Sätze, auf die Zahl kommt es nicht an) ist dies. Ein Satz, also ich. Leerform zwar, aber ich. Leerform: Er spricht nicht wovon, sondern ins Leere. Die spekulative Umschreibung für Unerreichtes. Unerreichbares? Das jedoch durch die Formulierung seiner Vermutung für mich zur Wirklichkeit geworden ist. Zu leerer Wirklichkeit.

1.22 Ich kann die Welt von mir weg denken. So weit weg, dass ich mir nicht mehr vorstellen darf, darin in irgendeiner Weise vorzukommen. Im Zeitpunkt „Erschaffung der Welt“ oder am Ort „Rand des Universums“ gibt es mich nicht. Diese Welt ist für sich. Aber sie – auch sie – ist es in meinen Sätzen.

Jenseits davon das Unformulierte, Satzlose: nichts.

1.3 Ich bin nicht das, was sich ereignet, sondern mein Satz über das Ereignis.

1.31 Die Entstehung des Satzes, das *Formulieren*: Es ist das Erleben.

Ich bin noch nicht die Bewegung meines Körpers, sondern erst der Satz über die Bewegung.

Gleichzeitigkeit von Bewegung und Satz: Ursprüngliches Erleben. Unmittelbarkeit.

1.32 Das Gebilde *Satz*: Es ist meine wirkliche Lebensform. Nicht nur Abbild, Spiegelung, Symbol, Code, Anzeichen. Sondern die Existenz selbst.

1.33 Der *Inhalt* des Satzes ergibt die Qualität des Ich.

Der Satzinhalt ist das Wie der Existenz. Jedoch dass der Satz *ist* (entsteht), und dass er *Satz* ist: gerade dies *ist* das Leben. Das Sein des Seins.

Menschen messen einander mit ihren Sätzen.

1.4 Manche meiner Sätze betreffen Zwischenfälle (Begegnungen) mit der Außenwelt.
Andere Sätze beschreiben etwas, das nicht stattfindet.
Zu meiner Wirklichkeit gehören alle meine Sätze.

1.5 Ich kann mich wissen. Vermuten. Ahnen.
Genauso weiß ich, vermute ich, ahne ich über mich hinaus.

1.6 Immer wird die Welt geboren durch die Geburt des Satzes. Die Welt und ich entstehen zugleich.
Welt und ich sind insofern Eines.
Der Vorbehalt („insofern") entfällt, wenn der Satz wahr ist.

1.7 Ich bin dort, wo der Satz ist.
Ich bin dort, wovon der Satz es sagt.

1.8 Die Grammatik erlaubt dem Satz drei unterschiedliche Zeiten. Mit ihm bin ich gegenwärtig, vergangen oder zukünftig.

1.81 Die eigentliche Zeit des Satzes ist die Gegenwart.
Gegenwärtig ist der entstehende und sind alle noch bestehenden Sätze. Unabhängig von der Grammatik, durch ihr Dasein.
Ein Satz im Präsens hebt die Zeit auf. Verlängert den Augenblick. Hält die Welt an.
Auch Erinnerung ist Gegenwart. Ein andauernder Satz über einstige Sätze. Oder der Nachhall einstiger Sätze.

1.82 Vergangenheit: Alle verschollenen oder verlorenen Sätze. Sie haben den Platz freigemacht für – nichts.
Ein Satz in Vergangenheitsgrammatik ist ein gegenwärtiger Satz.
Sätze, die in abgelegten oder vergessenen Konserven aufbewahrt sind: Satzmumien.

1.83 Zukunft: Der freie Platz für alle jetzt fehlenden, noch sagbaren Sätze. Also ein leeres Blatt Papier.
Ein Satz in Zukunftsgrammatik ist ein gegenwärtiger Satz.

2.0 *Ich bin nicht identisch mit meinen Sätzen.*
Dass die Welt, meine Sätze und ich Eines seien: dies ist meine Wahrheit.
Dass meine Sätze und ich in Uneinigkeit leben: dies ist meine Wirklichkeit

2.1 Identität bedeutet: Zwischen mir und dem Satz ist nichts einfügbar außer der Kopula. Das verbindende Wort „ist". I ist S.
Kein freier Raum für den Gegen-Satz. Und auch nicht für irgendeinen anderen Satz.

Notiz: Beispiele für gestörte Identität
Erste Verfremdung: Ich bin nicht bloß; das Ich ist auch Gegenstand meiner Anschauung.
Gesteigerte Verfremdung: Mein Urteil über das beschaute Ich. Es sagt Ja oder Nein zu mir. Das Ja hebt die Verfremdung auf, aber sie bleibt als Form des Urteils erhalten.
Erste Entfremdung: Ein im Urteil verneinter Satz (also verneintes Ich) besteht weiter. Er behält Gewalt über mich.
Gesteigerte Entfremdung: Jeder Satz trägt die Möglichkeit seiner Negation in sich.

Notiz: Sinn von außen bedeutet: Identität ist ursprünglich nicht da. Sie ist erst herzustellen. In der Innenwelt der Sätze.

Sinn bekommt der Satz von außen. Durch etwas, das nicht von vornherein („an sich") Satz ist. Sinn liefert der Gegenstand, von dem der Satz spricht.
Woher kenne ich den Gegenstand, von dem ein Satz jetzt spricht? Aus anderen Sätzen. Sinn erhält ein Satz durch Sätze, die ihren Sinn von außen bekommen, also von anderen Sätzen... Eine immer länger werdende Kette aus Sätzen. Wo fing sie an? Beim ersten Wort und

ersten Satz, die eines fernen Tages in die Welt geworfen wurden.
Wer den ersten Satz warf? Manche sagen: die Götter. Alternative: Ein erster Sprecher. Die Sätze sind menschliches Selbst-Erzeugnis.

3.0 *Es gibt Augenblicke der Identität*

Notiz: Zu Identität und Wahrheit
Die Identität zwischen Ich und Satz wird gestört durch Sätze, die sich dazwischen schieben. Und sie wird prinzipiell vereitelt, weil jeder Satz in sich die Möglichkeit des Gegenteils trägt. Wie kommt Wahrheit trotzdem zustande? Durch Ausschluss der Verneinung. Durch Absage an störende Sätze.

Notiz: Wahrheit erkennen (Fälle, Methoden)

Dinge oder Ereignisse sinnlich wahrnehmen. Sätze nehmen das Wahrgenommene auf. Woran erkenne ich, dass ich ohne Fehler wahrgenommen habe? Durch Vergleich mit dem Ding oder Ereignis? Jedes Ding oder Ereignis ist nur durch den Satz für mich vorhanden. Miteinander vergleichen kann ich darum nur Sätze.

Die Wahrheit eines Satzes überprüfe ich anhand anderer Sätze. Aus dem Zusammenhang zwischen Sätzen. Zum Beispiel aus ihrer logischen Folgerichtigkeit. (Wittgenstein?)
So kommt die Welt in meine Sätze.
Aber satzlos käme ich nie über mich hinaus, in die Welt.

Und die Wahrheit philosophischer Sätze? Poetischer Aussagen? Metaphysischer Sätze über die Bedeutung von Dingen; den existentiellen Sinn von Dingen? Was bedeutet dieser Stein für mich? Auch hier fließt Wahrheit von Satz zu Satz. Aus dem Konnex zwischen Sätzen. Die Mit-Sätze sagen mir, dass ich den Identitätsmangel zwischen Ich und Satz vergessen darf. Vergessen muss. Jetzt; bis auf weiteres.

Wie weiter?

Er wird seines Wegs gehen. Gegangen sein. Einer, der seines Wegs ging. Ein Selbstmitschreiber. Weltaufschreiber. Sechs oder sieben Fassungen des Traktat Nummer eins *gehören dazu. Als ein Text von tausend. Ungezählte beschriebene Blätter. Das Leben, ein Traum? Eine Textspur! Als was möchtest du wiedergeboren werden? Seine Antwort: Als Buch.*

Jemand wird die hierzu notwendige Arbeit übernehmen. Ein Herausgeber. Der Zettelmassen bändigt und aus ihnen das Buch eines Lebens fügt. Ein Collagen-Macher. Collagen-Erfinder. Ein solcher stellt dem Autor nach. Stellt den Autor nach. Legt die Textspur durch Jahrzehnte, damit auf Lehrjahre *die* Wanderjahre *folgen. Für das erste, anfängliche Jahrzehnt wollte der Autor sich das strapaziöse Vergnügen des Collagierens selbst gönnen. Und musste (nicht zum ersten Mal) erfahren, wie ein Text seinen Schöpfer schon vergessen hat oder bei der Wiederbegegnung ungerührt fallen lässt: Ich kenne diesen Menschen nicht.*

Über den Autor

Wolfgang Gast, geboren 1940 in Nürnberg, Jurist & Philosoph, lebt als Schriftsteller in Heidelberg. Als Wissenschaftler veröffentlichte er Monografien und Lehrbücher; Hauptwerk: *Juristische Rhetorik*, 4. Aufl. 2006.
Parallel dazu Essays, Aphorismen und Belletristisches: *Gesetz und Justiz in den Utopien*, Essay, 1988; *Stadtkultur. Zur Ästhetik des Urbanen*, 1991; *Erstes Hologramm. 1003 Bagatellen*, 1992; Tommaso Da Ponte (Pseud.), *Recht hat keiner. 313 Aphorismen*, 1994; *Auch Arkadien. Ein Jahrestageroman*, 1999; *Werkblock Joglar*, drei Bände, 2010.
Als Koautor gemeinsam mit Ursula Gast: *paarweise*, 2001; *Glücklich sein mit Sisyphus*, 2004.

Wolfgang Gast
Werkblock Joglar

O Loch in der Mauer hier, sei du mein Spielmann, mein Joglar.
Ezra Pound, Marvoil

Joglar 1
Logophagos. Wörterfresser
Lehrjahre 1957 bis 1967

„Das Buch von einem, der auszog, Wörter zu fangen. Bis er spürte, dass die Wörter längst ihn eingefangen hatten."

Joglar 2
Textspur. Satzinseln
Wanderjahre 1970 bis 2009

„Keine Biografie. Jedenfalls nicht den oder einen Lebensweg des Autors. Wenn schon, dann die Biografie eines Schreibens. Das an einem bestimmten Zeitpunkt in den Leserblick gerät und von dort aus weiterläuft. Sich eigensinnig weiter betreibt (mit dem Autor als Gehülfen). Wovon wird die Rede sein? Vom Ausprobieren vieler Orte. Von Aufständen gegen die Zeit."

Joglar 3
Zeitbruch
Protokoll am Jahrtausendrand. 1998 bis 2000

„Zeit-Schrift: Zeit wird zu Wörtern. Setzt Fleisch an. Wird sichtbar. Zeit, die ich verbraucht habe, um diesen Satz aufzuschreiben. Sie wird sichtbar durch diesen Satz."

buchhalter theo frast heidelberg
der kommende verlag
für neues erzählen